KB125278

멋진 ♥인생을
고민하는
♥아름다운♥
♥여성들을
위하여

멋진 ♥인생♥을
고민하는
♥아름다운
♥여성들을
위하♥여

21세기 최고의 전략은 여성의 리더십 향상이다.

| 마츠바라 준코 지음 · 정은지 옮김 |

부자나라

고민하기를 두려워하지 말자

우리네 삶이 실이라면 고민은 바늘과 같은 존재다. 아무리 좋은 집안에 태어난 사람이라도, 아무리 돈이 많은 사람이라도 이 세상에 고민 없는 사람은 없다.

당연한 말을 왜 하나 입을 삐죽 내미는 사람이 있을지도 모르겠으나 유감스럽게도 다른 사람의 고민은 작아 보이고 내 고민은 우주만큼 커 보이니 문제가 아닐 수 없다.

밝고 행복한 인생을 서포트 해주는 일을 하고 있어서인지 나를 고민도 없이 늘 즐겁기만 한 사람이라고 오해하기 일쑤다.

엊그제도 인생기숙사에 나오신 어떤 분이 부럽다는 듯 이런 말씀을 하셨다.

"선생님은 정말 좋으시겠어요. 늘 활기가 넘치시고 걱정도 없으신 거 같고……. 저는 결혼도 아직 못하고 직장도 변변치 못하고 이대로 가다간 어떻게 될지 도무지……. 제 자신이 너무 싫은 거 있죠."

나의 30대는 그야말로 고민 백화점을 차려도 될 정도였기에 그녀의 심정이 이해가 가고도 남았다. 그래서 이렇게 대답했다.

"불안해하는 마음은 충분히 이해가 가는데요. 제가 당신 정도 나이였을 때는 지금의 당신과 비교도 하지 못할 정도로 비참했어요. 제가 고민이 없는 것처럼 보여요? 어젯밤에도 이도저도 다 싫어져서 얼마나 죽고 싶던지. 사람들은 모두 겉보기랑 다르답니다."

내 말에 그녀는 눈이 휘둥그레져서 금방이라도 의자에서 튀어오를 자세였다.

"네!! 그게 정말이에요!! 선생님은 정말 행복하신 줄 알았는데."

인생은 그런 것이다. 살아있는 한, 뇌와 심장이 뛰는 한 고민은 우리의 손발처럼 항상 우리 곁에 붙어 떨어지지 않는다.

그러므로 고민을 떨쳐내려고 해봤자 떨어지지 않는다. 그럴 바에야 고민과 사이좋게 지낼 궁리를 하는 편이 낫다.

앞으로의 인생에 어떤 일이 우리를 기다리고 있는지 아무도 모른다. 어쩌면 지금보다 훨씬 처참한 형국이 전개될지도 모른다.

그러나 어떤 사태가 벌어지더라도 흔들리지만 않으면 어떤 시련이든 극복할 수 있으리라.

고민을 해소하는 방법을 찾기보다 고민에 지지 않겠다는 마음가짐이 훨씬 중요하다고 나는 믿는다.

이 책을 계기로 당신의 고민이 조금이나마 희망으로 바뀐다면 저자로서 그보다 더한 행복은 없겠다.

마츠바라 준코

| 차례 |

진정한 삶을 찾아 헤매던 30년
시간이 지나도 길은 보이지 않는다
마음을 열면 스펀지처럼 흡수된다

Chapter **1**

자립한 여성은
삶의 기본을
알고 있다

진정한 삶을 찾아 헤매던 30년

바보 중의 바보였던 나의 30대

　나의 과거사에 대해서는 앞에서도 수차례 구구절절이 읊어댄 탓에 이제 귀에 딱지가 앉았다고 푸념을 하시는 분이 계실지도 모르겠다. 그러나 나의 과거는 현재의 나를 있게 한 원점이기도 하므로 참고 들어주시길 바란다.

　내 이름으로 된 책도 나오고 한 덕분에 나름대로 성공한 인생이라고 평가해주시는 분들도 계시지만 지나온 내 삶을 돌아보면 나는 언제나 길을 잃고 헤매는 어린양이었다.

이 세상에 나 같은 바보는 없다는 생각이 늘 마음 한편에 자리 잡고 있었다. 이것은 겸손이나 겸양과는 차원이 다르다. 다행히 정치가가 될 만큼 바보는 아니었지만 30대까지 나는 정말 바보 중의 바보였다.

나이 서른이 넘도록 나는 내가 걸어가야 할 길이 어디인지 윤곽조차 잡지 못할 정도로 우유부단하고 의지가 약한 인간이었다. 숲속에 버려져 갈 곳을 잃고 헤매던 '헨젤과 그레텔'의 두 남매처럼, 사회라는 거대한 숲속에 발을 내디딘 스무 살 무렵부터 30대 후반에 접어들 때까지 넓고 깊은 숲속을 정처 없이 헤매고 있었다. 돌아가려 해도 이미 지나온 길은 낙엽에 덮여 온 데 간 데 없었고 주위를 아무리 둘러보아도 달콤한 과자로 만들어진 집 따윈 나타날 기미도 보이지 않았다. 생각만 해도 끔찍한 청춘시절이었다.

지금에서야 말이지만 평범한 중산층 아가씨 분위기의 외모와는 달리 나는 평범한 인간은 아니었던 것 같다. 주변을 둘러보면 모두들 아무 고민 없이 부모님이 원하는 길을 가고 있는데 유독 나만 갈피를 잡지 못하고 우왕좌왕하고 있었다. 딱히 무엇 때문이었다고 설명하기는 어려우나 내 자신이 그것을 용납하지 못했다.

20대의 내 삶은 그야말로 흐르는 시간에 내맡긴 삶이었다. 미래에 대한 꿈도, 삶에 대한 철학도 없었다. 그러나 그렇다고 해서 삶을 달관한 철학자 같은 인간은 더더욱 아니었다. 그렇다. 나는 차갑지도 뜨겁지도 않은, 이도 저도 아닌 어정쩡한 인간이었다.

남들과 똑같은 평범한 삶에는 어쩐지 저항감을 느끼면서도 구체적으로 내가 원하는 삶이 무엇인지, 어떻게 하면 내가 원하는 삶을 살 수 있는지 그 해답을 찾지 못하고 안개 속을 헤매고 있었다. 도무지 다루기 힘든 인간 유형이었던 것이다.

젊은 시절엔 누구나 숲속을 헤맨다

'결혼하고 싶다!' '크고 멋진 저택에 살고 싶다!' '패션모델이 되고 싶다!'

다른 사람에게 바보 취급을 받던 웃음거리가 되던 개의치 않고 자기가 하고 싶은 일을 하는 사람은 행복한 사람이다.

나 같은 인간 유형은 생각지도 못할 일이지만 '샐러리맨의 아내가 되고 싶다'는 꿈을 꾸는 사람은 비교적 고민이 적은 사람이 아닐까 생각한다.

왜냐하면 소박하지만 꿈이 확실한데다 실현 가능성이 높기 때문이다. 그러나 '적어도 욘사마 정도는 되어야…' 하고 꿈꾸는 사람은 인생이 복잡하게 꼬일 가능성도 높을뿐더러 그만큼 고민도 깊으리라.

여성의 20대와 30대에 신체적으로 가장 아름다운 시기다. 눈에 띄지 않는 평범한 외모의 소유자라도 젊다는 사실만으로 주가가 올라가는 그런 시기다.

그러나 안타깝게도 대부분 사람들은 그 사실을 모르고 지나친다.

지금 그 시절을 돌아보면 나름대로 예쁘고 청순했었는데……, 뭐든지 할 수 있었는데……하는 안타까움을 금할 길이 없지만 그 시절에는 이유도 없이 불행하다는 느낌에 사로잡혀 내 자신을 돌아볼 여유가 없었다.

얼마 전에도 친구와 '그 시절로 다시 돌아간다면 정말 끔찍할 것 같아' 하는 얘기를 나눈 적이 있다. 그 시절의 기억을 더듬기만 해도 숨이 멎을 것만 같다. 이것은 진심이다. 젊은 시절, 오로지 결혼에 목숨을 건 사람을 빼고는, 다소 깊이의 차이는 있을망정, 모두 숲속을 헤매고 있는 것은 아닐까.

다른 사람의 해답 속에 묻어가면 반드시 화가 따른다

학교 다닐 때 비슷비슷하던 친구들이 결혼해서 아이를 낳고 사는 모습을 보면 나도 모르게 초조해지곤 했다. 아줌마로 전락하기 싫다고 외치면서도 말이다. 왜 그렇게 불안했는지 모르겠지만 그 시절 나는 늘 초조하고 불안했다.

보통 서른 살 즈음에 접어들면 그런 것들에도 초연해지는데 나는 그러지 못했다. 오히려 서른이 넘어 불안이 가중되었다.

무엇을 해야 하는지, 어떻게 사는 게 행복하게 사는 길인지, 자문자답하는 날들이 끝없이 이어졌다.

만약 그 시절 종교를 통해 해답을 찾으려고 했다면 의외로 쉽게 해답을 찾았을지도 모를 일이다. 그러나 병적으로 종교를 거부했던 나는 스스로 해답을 찾으려고 발버둥쳤다.

다른 사람들이 제 아무리 진리라고 외쳐도 도저히 내 입에서는 '아멘' 이라는 소리가 나오지 않았다. 최근에 안 일인데, '아멘' 은 '그렇게 되게 하소서' 라는 의미라고 한다.

나는 선천적으로 심술쟁이인지라 경험을 통해 스스로 이해하지 못하면 믿지 않는다. 종교도 예외는 아니다. 그래서 남보다 인생을 어렵게 살았을지도 모른다. 또 그 덕분에 조금이나마 자립심 있는 인간이 되었는지도 모르겠지만.

다른 사람이 찾아놓은 해답 속에 묻어가려고 하면 영원히 자신의 해답은 찾을 수 없다. 스스로 책임지지 않아도 되는 인생만큼 편한 인생은 없겠지만 그런 인생에는 반드시 화가 따르기 마련이다. 이것이 내가 30년 동안 헤매면서 얻은 해답이다.

시간이 지나도 길은 보이지 않는다

'가만히' 만 있으면 당신이 꿈꾸는
'언젠가' 는 오지 않는다

아무리 거친 폭풍우라도 고비만 넘기면 언제 그랬냐는 듯 조용
해진다.

이 세상에 시간을 대적할만한 상대는 아무도 없다. 또 시간만큼
우리에게 위안과 평정을 가져다 주는 것도 없다. 태풍이 상륙할 때
마다 나는 생각한다. 며칠만 숨죽이고 있으면 반드시 햇살이 고개
를 내밀 것이다. 아무리 큰 비라도 한 달 내내 내리는 비는 없다. 그

러니 태풍이 온다고 잔뜩 찌푸린 얼굴을 할 것이 아니라 태풍이 지나가주길 기다리면 된다.

젊은 시절에는 태풍이 온다는 소리만 들어도 행여 벼가 젖지나 않을까, 집이 물에 잠기지나 않을까 하는 두려움에 하루 종일 발을 동동 굴렀다. 그러나 나이를 먹으니 태풍을 맞이하는 자세도 달라졌다.

아무리 힘든 일이 있어도, 아무리 슬픈 일이 있어도 시간이 모든 것을 해결해주리라. 시간은 돈보다 강하다고 하늘을 올려다보며 생각한다.

젊은 시절 나는 숲속을 헤매면서도 실은 이런 생각을 품고 있었다.

……언젠가 반드시 좋은 일이 생길 거야.

……맞아. 나는 그렇게 운이 없는 사람이 아니야.

……언젠가, 이 숲속에서 빠져나갈 날이 올 거야. 백마 탄 왕자님이 나타날 거야.

……어쩌면 기적이 일어날지도.

……분명히 그 날은 올 거야……

불안한 사람은, 나처럼, 일이 잘 풀리지 않는 것을 모두 시간 탓으로 돌리고 불확실한 미래에 희망을 건다. 그렇게라도 하지 않으면 현실을 인정하는 꼴이 되어 더욱 비참해지므로. 다들 저렇게 행복한데 나만 이렇게 불행할 리가 없다고 자위한다.

나는 정말로 진지하게 이런 생각을 했다.

그러나 폭풍은 시간이 지나면 잦아들지만 삶의 해답은 다르다. '언젠가……' 를 기다리는 것은 자유지만 가만히만 있으면 당신이 꿈꾸는 '언젠가' 는 오지 않는다. 몇 년씩 집안에서만 은둔하는 사람들을 보면 알겠지만 사고 회로를 바꾸지 않는 한, 아무리 시간이 지나도 현실은 달라지지 않는다.

겁에 잔뜩 질린 강아지 형상이었던 서른다섯

서른다섯 살을 넘기자 아직도 나아가야 할 길을 찾지 못하고 숲속을 헤매고 있던 나 자신에게 혐오감이 밀려왔다. 벌써 10년도 넘게 제자리걸음을 하고 있는 내 자신이 너무나 한심했다. 친구들은 벌써 학부형이 되어가고 있는데 아직도 인생의 갈피조차 잡지 못하고 있으니 혐오감을 느끼는 것도 당연했다.

그렇다고 학부형이 된 친구가 마냥 부러운 것도 아니다. 그런데 왜 눈물이 나는 걸까?

다른 사람이 가진 것과 내가 가진 것을 비교하면서 인생의 승부를 가늠하는 것만큼 어리석은 짓은 없다고 늘 생각하면서도 겁에 잔뜩 질린 강아지처럼 의기소침해지곤 했다.

30대는 라이프스타일과 생활수준에서 조금씩 차이가 벌어지는 시기이다. 결혼과 출산으로 동분서주하는 사람이 있는 반면 아직 인생의 반쪽을 찾지 못해 불안해하고 고민하는 사람도 있다. 같은 30대이면서 서로 다른 인종처럼 보이는 것도 이 시기에 제일 극심하다.

고민은 낭비가 아니라 인생의 거름이다. 그러므로 해답을 못 찾았다고 초조해 할 필요는 없다. 지금은 고민할 때라고 마음을 편히 먹고 고민에 몰두해보자. 그러면 자연스럽게 햇살이 고개를 내미는 날이 온다. 이것은 경험이 가져다준 진리다.

먼 훗날 과거를 돌아보았을 때 언제, 어떤 계기로 그 깊고 깊은 숲속에서 빠져나왔는지 제대로 설명할 수는 없겠지만 고민하는 동안 불현듯 눈앞에 길이 펼쳐지리라.

20대, 30대를 평탄하게 보내지 못했기 때문에 이를 불쌍히 여긴 신이 50대에 길을 열어주셨다고 나는 내 멋대로 그렇게 해석한다.

끝이 보이지 않아도 좋다. 이러지도 저러지도 못해 가슴이 타들어가겠지만 지칠 때까지 숲속을 헤매보자. 당신의 인생이 단단히 뿌리를 내리는 시기가 바로 지금이라 믿고.

내 인생은 왜 뜻대로 움직이지 않을까요?

마음을 열면 스펀지처럼 흡수된다

이게 내 운명?

친구 중에 무슨 얘기를 해도 '정말 그럴까?' 하고 시큰둥한 반응을 보이는 사람이 있다. 가령 "욘사마 말이야. 정말 인기가 있을 법도 해. 생각하는 것도 그렇고 삶의 원점을 아는 사람 같아. 얼굴은 내 타입이 아니지만 정말 괜찮은 배우라는 생각이 들어."라는 말에 "정말 그럴까? 그것도 다 연기야, 연기. 배우잖아. 그게 직업인데 오죽하겠어. 다 계산에서 나온 행동이라고." 이런 대답이 돌아오기 일쑤다.

늘 이런 반응이라 무슨 얘기를 나누어도 흥이 나지 않는다.

어쩌면 그녀의 말이 맞는지도 모른다.

그런데 그녀는 왜 항상 이런 반응을 보일까? 나름대로 분석해본 결과, 상대방의 말을 솔직하게 인정하면 자기가 상대방보다 밑에 있다는 것을 인정하는 꼴이 된다고 생각하기 때문이 아닐까 하는 데 생각이 미쳤다.

그녀는 나의 오랜 친구이기 때문에 특별히 의식하지 못했지만 우리는 라이벌 관계이기도 했던 것이다.

내 인생이 꽉 막힌 고속도로처럼 답답했을 때 나도 모든 사물과 현상을 비뚤어진 눈으로 보곤 했다. 친구가 영어검정시험 2급에 합격했을 때도 '운이 좋아서 그랬겠지' 하고 속으로 비웃었다. 누가 결혼을 한다는 소식을 들으면 '잘 됐네. 이제야 좀 제대로 살겠군' 하고 내심 코웃음을 쳤다. 본성이 의심스러울 정도로 비뚤어져 있었다. 부끄러운 얘기지만 그런 시기가 나에게도 있었다.

인간은 자기보호본능이 강한 동물이다.

인생이 잘 풀리지 않을 때는 모든 것이 비뚤게만 보인다. 마음속이 온통 질투심과 열등감으로 도배질이 되어 있는데 본인만 그걸 모른다.

내 인생은 왜 이 모양이지. 왜? 왜? 도대체 어디서부터 잘못된 거지? 혹시 이게 내 운명?

막다른 골목에 다다르면 무조건 운명 탓부터 하고 본다. 그리고는 문턱이 닳도록 점집을 들락거린다. 올해는 운수가 안 따르는 해이니 참고 기다리면 만년에 운수가 트인다는 점쟁이의 말에 그제야 안심하고 발걸음을 돌린다. 그러나 그것도 잠시. 그 때까지 어떻게 견디지? 하고 다시 불안해진다. 그리고는 해마다 이런 짓을 반복한다.

'정말 그럴까?' 하고 반문하기보다 '맞아' 하고 믿자

좀처럼 방황을 끝내지 못하고 여전히 숲속을 헤매고 있던 서른다섯 살 무렵, 나는 띠동갑인 연상의 어떤 여성 앞에서 아직 아무것도 이루지 못한 내 인생을 한탄하면서 급기야 눈물을 흘리고 말았다.

그런데 그녀는 "고민하는 모습, 정말 아름다워." 하고 말해주는 것이 아닌가.

그 때까지 고민하고 방황하는 것은 철부지 어린애들이나 하는 짓이라고 늘 스스로를 한심하다고 느끼고 있었는데 그 말에 내심 놀라지 않을 수 없었다. 묵직한 무엇인가가 쿵하고 내려앉는 느낌이었다.

그래. 그런 거구나.

나는 지나치게 나 자신을 비하하는 습관이 있지만 그래도 열심히 살고 있잖아. 그래, 그것만으로 충분해. 《나의 삶》이라는 책의 첫 페이지를 넘긴 것도 그 무렵이었다.

안정된 직업을 찾고 결혼을 해서 가정을 꾸리는 것만이 지상 최대의 과제는 아니다.

자신을 높여가는 것, 자신의 인생관과 가치관을 가지는 것이야말로 내가 추구하는 목표가 아닌가.

그 날을 계기로 나는 변했다.

다른 사람의 말에 열심히 귀 기울였다. 인생의 가장 소중한 목표는 사회적으로 성공하는 것도, 행복한 가정을 꾸리는 것도 아니다.

가진 것 없이도 행복하다고 느끼는 마음의 소유자. 그런 사람이 되리라.

이제 더 이상 비뚤어진 눈을 가진 여자는 거기에 없었다.

진심으로 '그렇게 생각하게' 되었다. '정말 그럴까? 하고 반문이 필요할 때도 있겠지만 '맞아' 하고 긍정하는 편이 행복해지는 지름길이 아닐까.

비뚤어진 시선으로 보는 사람은 그냥 인정하자

"가진 것 없이도 행복하다고 느끼는 사람은 테레사 수녀님 정도일 거야. 우리네 같이 평범한 사람들한테는 무리라고, 무리. 새 옷을 싫어하는 사람이 어디 있겠어? 안 그래?" 이렇게 말하는 사람이 있다.

"응, 맞아요." 나는 그녀의 말에 수긍하는 척 했지만 마음속으로는 다른 생각을 하고 있었다.

무리일지도 모르겠지만 그렇게 하겠다는 마음 그 자체가 중요하지 않을까. 결과가 아니라 그 사람이 어떤 마음과 기분으로 거기에 도달했는지가 중요하다.

테레사 수녀님의 발끝에도 미치지 못하겠지만 겸허하게 살겠다고 늘 맹세하며 살아가는 자세를 소중히 여기자. 삶과 인생 운운하는 책을 집필하곤 있지만 감히 누구에게 삶을 가르칠만한 인간이 아니라는 사실은 지금 이 글을 쓰고 있는 나 자신이 제일 잘 안다.

그럼에도 감히 용기를 내어 이런 책을 쓰고 있는 것은 이런 나의 지극히 개인적인 경험이 아직도 숲속을 헤매는 당신에게 조금이나마 도움이 되길 바라는 마음 때문이다.

"선생님 말씀이 맞는 것 같아요."하고 편지를 보내주는 독자들을 보면 순수하고 맑은 마음의 소유자일 거라는 생각이 든다. 이런 분들은 분명 행복한 인생을 보내리라.

순수한 마음의 소유자는 좋은 인상을 남긴다. 먼저 다른 사람의 말에 진지하게 귀 기울여보는 것부터 시작해보자.

'삶'을 의식하면서 산다

답답한 심정은 이해가 가지만……

고민이 하루아침에 해결되지 않는 것처럼 삶의 방정식 또한 하루아침에 풀리지 않는다. 삶의 방정식은 어학이나 음악처럼 열심히 배우기만 하면 어느 정도 성과가 보이는 것과는 다르다. 쉽게 배울 수 있는 성질의 것이 아니다.

우리는 너무 성급히 해답을 찾으려고 하는 경향이 있다. 물론 가장 전형적인 인간이 바로 나다. '어떻게 살면 행복해지는지 가르쳐주세요!' '어떻게 하면 일이 즐거워지는지 가르쳐주세요!'

얼마 전에도 하루하루 삶이 고달프기만 하다는 한 여성이 한숨을 토해냈다.

"낼모레면 마흔인데 아직 앞이 보이지 않아요……. 다른 일을 찾아야 할까요? 그러자니 너무 늦은 것 같고……. 저는 어떻게 해야 할까요?"

답답한 심정은 이해가 가지만 이것은 백화점 매장을 가르쳐주는 것과는 차원이 다르다. 그런데도 엄마 새가 먹이를 물어오기만을 기다리는 아기 새처럼 입만 벌린 채 해답을 갈구하는 사람들이 우리 주변에는 너무나 많다.

먼저 우리 자신이 깨닫고 느낀 바를 항상 의식하며 살아가자.

아무리 큰 감동을 받았다 해도 다음날이 되면 까맣게 잊어버리는 것이 우리네 습성이다. '절대 잊어버리지 않겠다고' 가슴이 뜨거워져도 몇 달이 지나면 언제 그랬냐는 듯 잊고 만다. 어쩌면 그렇기 때문에 우리가 고통을 잊고 살아갈 수 있는지도 모르지만. 그러나 세상에는 잊어도 좋은 일과 잊어서는 안 되는 일이 있다.

알고만 있고 실천하지 않으면 모르는 것이나 마찬가지

가령 '다른 사람에게 상냥하게 대해야지' 라고 생각하는 사람은 그것을 의식하면서 살아간다. 때로는 반성하고 때로는 격려하면서 말이다.

어떤 일이든 마찬가지지만 알고만 있고 실천하지 않으면 모르는 것과 마찬가지다. 다른 사람에게 상냥하게 대해야 한다는 것쯤 유치원생들도 다 안다. 실천하지 않으면 아무 소용이 없다.

아는 분 중에 맹자와 공자의 명언을 늘 인용하시는 분이 계시다. 주옥같은 명언을 듣고 있자면 따로 적어놓고 싶을 정도다.

그러나 메모가 중요한 것이 아니다. 그것을 매일 의식하면서 살아가는 것이 중요하다. 자기 전에 바람직한 삶의 태도를 떠올려보는 습관도 좋다. 만약 '다른 사람의 말에 좌지우지되지 말자' 는 말에 깊은 감동을 받았다면 전철을 탔을 때, 회의를 할 때, 친구를 만나러 갈 때, 집에 돌아올 때 그 말을 의식하는 것이다.

좋아하는 사람을 의식하기 시작하면 하루 종일 그 사람 생각으로 머리가 가득 차는 것처럼 삶을 의식하기 시작하면 삶에 대한 성찰로 머리가 가득 찬다. 이것이 자기 성장의 밑거름이다.

완벽주의의 허점

이런 일로 안 죽어

나는 무엇이든 일단 손을 대고 보는 타입이다. 그런데 결과는 늘 작심삼일로 끝나기 일쑤다.

살림도 대강대강 일도 대강대강. 문장을 새로 손보지도 않고 원고를 넘기는 게 일상이 되어 버렸다.

오죽하면 '이런 일로 안 죽어' 가 내 입버릇일까.

대강대강 하기만큼은 감히 타의 추종을 불허한다고 단언할 수 있다.

얼마 전에 디너 초대를 받아서 어떤 집을 방문한 적이 있다.

오, 감격스런 디너파티. 물론 손님을 초대하면 구석구석 신경을 쓰는 게 보통이지만 그 날 저녁은 특히 남달랐다. 고급 프랑스 레스토랑은 저리 가라 할 정도로 세련된 웨지우드 고급 식기에 우아한 인테리어. 나이프 세트며 컵이며 한 눈에 보아도 보통 수준이 아니었다. 식탁에 놓인 그윽한 촛불과 화려한 생화는 분위기 있는 조명 아래에서 더욱 빛을 발하고 있었다. 마치 공주가 된 기분이었다.

새우 칵테일에서 칠면조 구이, 고급 샴페인에서 빈티지 와인까지. 오 마이 갓! 이렇게 완벽한 디너는 처음이야! 이럴 줄 알았으면 역 앞에서 호빵 따윈 사먹지 말걸.

'정말 대단해. 언제나 이렇게 해놓고 손님을 맞이할까? 역시 있는 사람들이 다르긴 다르구나' 감격스런 밤이었다.

그 후 얼마 지나지 않아 나는 지난 번 초대에 대한 인사도 드릴 겸 그 부부를 초대했다.

언제나처럼 뷔페식으로 몇 가지 음식을 준비했다. 물론 만들기 쉬운 요리로만. 그게 내 스타일이다.

음식 준비 등에 너무 시간을 소모하면 저녁을 먹기도 전에 지쳐

버리기 때문이다.

그 날 요리는 다랑어 회 샐러드와 순두부 요리, 고비나물, 튀김 요리 그리고 밥과 바지락 된장찌개. 디저트는 과일. 술은 슈퍼에서 산 저렴한 레드와인이 전부였다.

우리는 나름대로 즐거운 저녁 시간을 보냈다. 약간 취기가 오르자 그 명품 부인이 중얼거리듯 말했다.

"……맞아요. 이렇게만 해도 충분한데."

완벽주의자인 그녀는 손님을 초대하면 어느 것 하나 허술히 할 수 없었던 것이다.

이 세상에 완벽한 것은 없다

손님을 초대한 저녁 식사 자리에서 가장 신경 써야 할 부분은 유쾌한 대화와 분위기다. 물론 음식도 없으면 허전하겠지만 모두가 둘러앉아 이야기꽃을 피우는 데 필수 조건은 아니다.

그녀와 같은 완벽주의자는 파티를 즐기기도 힘들뿐더러 손님 부르기가 겁이 날 것이다. 피곤을 자초하기 때문이다. 인생은 길고도 길다. 완벽한 준비에 본인은 만족할지 모르겠지만 과연 초대받은 손님들도 그럴까?

와인 박사인 그녀에게 슈퍼에서 산 저렴한 와인을 내놓은 나도 나지만, 뭐 막말로 와인이야 다 거기서 거기 아닌가.

그 자리를 흥겹게 즐길 수만 있다면 싸구려 와인이든 맥주든 무슨 상관인가.

적당주의자인 나는 자주 사람들을 초대하는 편이다. 사람들이 모여 나누는 이야기꽃 속에서 그간 내가 몰랐던 정보를 얻기도 하고 감동을 받기도 한다. 그런데 완벽주의자는 어떨까?

겉으로는 좋아 보이지만 완벽주의적인 성격 자체가 장애물이 되어 앞으로 나아가지 못한다. 그런데도 본인은 그걸 전혀 깨닫지 못한다.

세상에 완벽이란 없다. 스스로 완벽주의라고 자부하고 있는 사람도 그 보다 더한 사람이 보면 불완전해보일 것이다. 완벽해지고 싶은 마음은 이해가 가지만 유감스럽게도 완벽은 존재하지 않는다. 그러니 적당히 인생을 즐기자.

완벽의 틀을 깨지 않으면 앞으로 나아갈 수 없다. 완벽이라는 브레이크를 풀고 마음을 가볍게 가지자.

완벽하고자 하는 마음이 자칫하면 자신의 목을 죄는 무기가 될

수도 있다.

따뜻한 차가 마음을 평온하게 한다
아름다운 환경이 아름다운 마음을 만든다
편의점을 자주 이용하는 여자는 마음도 찌든다

Chapter 2

멋진 여성은
생활을 즐긴다

따뜻한 차가 마음을 평온하게 한다

우울할 때는 우울을 즐기자

누구나 마음이 우울해질 때가 있다. 언제나 맑음일 수는 없다. 비오는 날이 있으면 눈 오는 날도 있는 법이다. 비오는 날에 조깅하기가 싫어지듯 마음이 흐린 날에는 아무 것도 하기 싫어진다. 외출하기도, 친구를 만나기도 싫어서 혼자 방안에 틀어박혀 뒹굴다보면 이내 만사가 귀찮아져서 더 우울해진다.

나는 우울해서 몇 달을 방안에 틀어박혀 지낸 적도 있다. 내 경험상 제안하건데 그럴 때는 차를 마셔라. 다도를 한 사람이라면 잘 알겠지만 차는 마음을 평온하게 해준다.

속는 셈 치고 한 번 시험해보기 바란다. 자주 우울해지는 당신은 분명 '차가 뭐 그리 대단한 거라고' 하며 코웃음치고 있으리라.

일하는 여성의 한 사람으로서 느끼는 건데 일하는 여성들은 일상의 소소한 것들을 지나치게 가볍게 보는 경향이 있다.

대부분의 샐러리맨처럼 회사일이 전부가 되어 생활은 사이드 디쉬가 되어버리고 만다. 말 그대로 사이드 디쉬는 '있으나 없으나 별 상관이 없는 요리' 다.

'차야 마시면 그만이지, 뭐 별거 있어?' 하고 생각하는 당신

얼마 전에 그야말로 석세스 우먼을 만난 적이 있다. 그녀는 상당한 미인에 사업적으로도 꽤 큰 성공을 거두었다. 뛰어난 인테리어를 갖춘 시내 고급 오피스텔에 사는데다 알아주는 와인 마니아. 주말에는 단골 레스토랑에서 식사를 한다. 젊은 아가씨들이 '아, 나도 저런 인생을 살아봤으면' 하고 동경할 만한 그런 인생이다.

우연히 그녀와 차 이야기를 나누게 되었다.

내가 차를 어떻게 마시느냐가 중요하다고 하자 그녀는 "차야 마시면 그만인 거 아닌가요?" 하며 웃었다.

물론 모두가 그렇다고는 단정하기 힘들지만 커리어우먼은 대개 와인에는 정통하면서 일상생활의 소소한 것을 등한시하는 경향이 있다.

우리 삶에서 가장 중요한 것은 무엇일까? 그것은 바로 소소한 생활이다. 결코 일이 아니다. 소소한 일상생활이 마음을 살찌운다.

꽃을 키우고 차를 마시고 신발을 정리하고.

이런 소소한 작업들이 마음의 수행이며 우리 삶을 윤택하게 하는 것이라고 깨닫는 순간, 신기하게도 마음이 밝아진다.

차를 가볍게 보지 말라!

먼저 천천히 그리고 조용히 찻잔에 차를 따르자. 경제적인 여유가 있다면 약간 사치를 부려도 좋다. 비싸면 아까운 마음이 들기 때문에 찻잎을 우려내는데도 정성이 들어간다. 마음을 다스리기 위한 사치다.

차 주전자와 찻잔을 덥힌 다음 천천히 찻잎을 우려낸다. 보온병에서 직접 차 주전자에 물을 따르지 말고 다른 그릇에서 약간 식힌 다음 따른다. 이런 과정만으로도 집중력이 생기고 편안해진다.

그리고 몇 분을 기다린다. 이 시간 또한 마음을 다스리는 시간이다. 약간 달짝지근한 한과나 떡을 함께 먹으면 금상첨화다. 떡은 가능한 한 예쁜 사기 접시에 담아내자. 보기 좋은 떡이 먹기에도 좋은 법이다. 옅게 퍼지는 찻잎 색을 감상하면서 천천히 마음에 드는 찻잔에 따른다. 마지막 한 방울까지 남김없이 눈으로 즐기면서 말이다.

찻잎을 천천히 우려내어 마시는 작업만으로도 충분히 마음의 여유를 찾을 수 있으므로 하루 한 번이든 두 번이든 습관을 들이면 좋다. 페트병에 들어있는 녹차만 마시니까 마음이 황폐해지는 것이다. 여행지에서야 어쩔 수 없다지만 집에서조차 페트병에 들어있는 녹차를 마시면 마음도 페트병만큼 좁아진다.

차 마시는 일을 대수롭게 여기지 말라!

천천히 차를 음미하는 습관이 생기면 자기도 모르는 사이에 여유가 넘치는 인간으로 바뀐다. 이 얼마나 가치 있는 일인가.

아름다운 환경이
아름다운 마음을 만든다

다른 사람이 안 보니까 괜찮다?

화장과 옷차림에는 신경을 쓰면서 집안 치우기에는 영 관심이 없는 사람이 의외로 많다. 이렇게 말하는 나도 실은 정리하는 데는 재주가 없어 낯 뜨거워지지만 말이다.

어느 방송 프로그램에서 몇 년씩 정리를 안 해서 집안이 온통 쓰레기로 뒤덮여 있는 가정을 방영한 일이 있다. 집 주인은 정신이 온전치 못한 듯 했다. 쓰레기더미 속에서 사니 정신이 이상해질 만도 하다. 정신이 온전치 못하니 정리하기도 싫어진다. 악순환의 반복이다.

　남한테 보여줄 것도 아닌데 좀 지저분하면 어떠냐고 반문하는 사람이 있을지 모르겠으나 이는 정상적인 사고방식이 아니다.

　'보여주는 거니까 깨끗이 한다' '보여주지 않아도 되니까 어질 러놓아도 상관없다' 는 사고방식을 가진 사람은 자신의 눈이 아닌 남의 눈을 기준으로 인생을 사는 사람이다. 다른 사람에게만 들키 지 않으면 안에도 무슨 짓을 해도 좋다는 지극히 위험한 발상이다.

　"원래 인테리어에 별로 취미가 없어요. 일도 바쁘고요. 집에서 는 잠만 자니까 지저분해도 별로 개의치 않아요."라고 태연하게 말하는 사람을 보면 그 사람의 황폐한 마음이 고스란히 전해져 오 는 느낌이다.

집 안을 보면 삶의 태도가 엿보인다

　나는 《여자들의 주택사정》이라는 책을 쓸 정도로 집과 인간의 상관관계에 관심이 많다. 그래서 남의 집 둘러보기를 좋아한다. 밖 에서는 몰랐던 그 사람의 진면목이 보이기 때문이다.

밖에서 보이는 것은 얼굴과 복장이 전부다. 그것만으로는 금방 핵심을 파악하기 힘들지만 그 사람이 사는 집 즉, 그 사람의 평소 환경 속에서 이야기를 나누다보면 족히 한 시간이면 그 사람이 대강 어떤 사람인지 파악이 가능하다.

그만큼 환경이 그 사람의 전부라 해도 과언이 아니다. 이것은 인테리어의 센스가 좋다 나쁘다의 차원이 아니라 그 사람의 삶의 가치관과 관계된 일이다.

나는 '주거 환경이 마음을 만든다' 고 생각한다. 물론 반론을 제기하는 분들이 많을 줄 안다. 그러나 감히 말하건대 마음이 깨끗한 사람은 집 안도 깨끗하다. 나름대로 삶에 대한 가치관을 가지고 있는 사람은 자기가 좋아하는 것들에 둘러싸여 지낸다. 꼭 고가일 필요는 없지만. 그것은 그 사람의 삶에 대한 자세를 말해준다.

'집은 아무래도 좋으니까 어디 좋은 사람 없을까? 어디 좋은 일자리 없을까?' 하고 말하고 다니는 사람 집에 가보면 보통 지저분하다.

나는 아무리 세련되고 깔끔해 보이는 사람이라도 그 사람의 집을 보기 전에는 신용하지 않는다. 지인 중에 호화 저택에 사는 멋쟁이 부인이 있다. 한 눈에도 귀부인 티가 절로 난다. 그런데 발 디딜 공간도 없이 지저분한 그녀의 집 안을 보고 경악했던 기억이 난다. 겉모습만으로는 그 사람의 본질을 파악하기 어렵다.

지저분한 방에 사는 여자는 행복해질 수 없다

지금 막 떠오른 생각인데, 만약 형무소 벽에 아름다운 벽화를 그려 넣는다면 어떨까. 수감된 사람들이 훨씬 더 빨리 새 사람이 되지 않을까. 꽃에 둘러싸여 살면 꽃처럼 화사한 사람이 될 것만 같고 우중충한 콘크리트 벽에 둘러싸인 방에 살면 마음마저 차가운 콘크리트처럼 될 것만 같다. 환경은 그만큼 중요하다. 형무소가 너무 좋아서 나가기 싫다면 곤란하지만.

당신은 지금 어떤 방에 살고 있는가? 당신 마음이 황폐해진 이유가 방안의 지저분한 공기 탓은 아닌지 생각해볼 일이다. 가끔은 방안을 찬찬히 둘러보자. 환경은 전염된다. 방안 분위기가 달라지면 기분도 달라진다.

풍수적으로도 지저분한 방에는 좋은 기운이 들지 않는다고 한다. 다른 사람은 보지 않을지 몰라도 신은 보고 있다. 지저분한 방에 사는 여자는 행복해질 수 없다.

모든 것이 귀찮기만 했던 30대 시절, 집안 청소는 나 몰라라 했던 그 시절에는 남자운도 없었을 뿐더러 일 운도 없었다. 지금 생각해보면 스스로 깨닫지 못했을 뿐 분명 탁하고 좋지 않은 분위기를 풍기고 있었으리라.

등교를 거부하는 청소년이나 비행 청소년들을 지도할 때 반드시 규칙적인 생활태도를 익히는 것부터 가르친다. 생활이 모든 것의 기본이기 때문이다. 그러므로 생활환경이 중요하다는 것은 두말 할 필요도 없다.

내가 특별하게 생각하는 치매 노인을 위한 간병 시설이 있다. 스위스의 멋진 호텔처럼 근사한 곳이다.

치매 노인들이 무엇을 알겠느냐고? 라는 생각은 착각이다. 그곳에 오면 증상이 호전되고 마음이 안정된다.

안정된 환경은 병을 호전시킨다. 병을 고치는 것은 의사만이 아니다. 환경은 인간의 마음을 다스린다.

방을 늘 깨끗하고 청결하게 해놓자. 분명 당신의 고민도 가벼워지리라.

편의점을 자주 이용하는
여자는 마음도 찌든다

인스턴트를 먹으면 '인스턴트 인간'이 된다

뭐가 그리 바쁜지 하루 종일 분주한 여성들이 많다.

우리는 바쁘다는 핑계로 편리한 것에만 마음을 빼앗긴다. 편의
점이 가장 대표적인 사례다. 편의점은 말 그대로 편하게 이용할 수
있는 가게로 일용잡화와 도시락 같이 간편히 먹을 수 있는 음식을
주로 판매한다.

옛날에 살던 아파트 1층에 세븐일레븐이 자리 잡고 있어서 나도
편의점을 내 집 드나들듯 들락거릴 때가 있었다. 아무리 코시히카

리(일본 니이가타현에서 개발한 고급 쌀)로 만든 주먹밥이라 한들 편의점 주먹밥은 편의점 주먹밥이다. 처음 먹을 때는 맛있을지 몰라도 자주 먹다보면 질리고 마음까지 황폐해진다. 이렇게 느끼는 것이 비단 나뿐일까?

'바빠서 편의점 도시락으로 때운다'고 말하는 어떤 여성을 취재한 적이 있다. 그녀는 원래부터 먹을거리에는 관심이 없다고 한다. 먹는데 쓰는 시간이 아깝다나. 그녀 입장에서 보면 '단지 식습관의 차이 아닌가요?' 하고 반문할지 모르겠으나 정말 그럴까. 나는 여기에 중요한 열쇠가 숨어있다고 확신한다.

아까 말한 주거환경과 마찬가지로 먹을거리도 마음을 다스리는 재료 가운데 하나이기 때문이다. 음식은 영양섭취를 위해서만 존재하는 것이 아니라 마음을 키우는 가솔린이라고 나는 생각한다.

음식이 마음의 영양소도 된다는 사실을 아는 사람은 그리 많지 않다.

고급 음식들만 먹으라는 소리가 아니다. 인스턴트만 먹다보면 인스턴트 인간으로 변한다. 인스턴트 인간은 무미건조하며, 자기중심적이고 감정이 없다. 게다가 다른 사람을 배려하는 마음의 여유도 없다.

먹는 일을 경시하지 말라!

먹는 행위에 대해 어떻게 생각하는지를 알면 그 사람이 보인다. '그런 건 그야말로 편견 아니냐'고 반문하는 사람은 분명 편의점을 아무렇지도 않게 들락거리는 사람임에 틀림없다.

감히 목소리를 높여 말하건대 먹는 행위를 경시하지 말라. 위 속에 넣으면 모두 같다는 생각은 착각이다.

현명한 당신이라면 음식 속에 숨어있는 잠재된 힘을 알아차려야 한다.

아이들을 보면 내가 하고자 하는 말의 의미를 조금은 알 수 있으리라. 매일 엄마가 만들어주는 밥과 따뜻한 국을 먹는 아이와 편의점 도시락으로 끼니를 때우는 아이의 심성의 차이를.

어떤 아이가 행복할까. 그런데도 음식을 경시하겠는가.

'바빠서 요리할 시간이 없다'는 이유가 될 수 없다

편의점을 어쩌다 이용한다면야 별 문제될 게 없다. 그러나 음식은 어디까지나 집에서 만들어 먹어야 한다. 분명히 말하건대 바빠서 요리할 시간이 없다는 것은 이유가 아니라 핑계다. 오히려 바쁜 사람일수록 요리를 한다.

마음이 풍요로울 때는 자연히 요리가 하고 싶어진다. 음식을 만들고 싶다는 마음은 삶에 대한 의욕의 표현이다.

노인들의 기력을 살필 때 혼자 음식을 만들 수 있나 없나를 보는 경우가 많다. 이처럼 음식 만들기는 삶의 의욕을 측정하는 바로미터와 같다.

'귀찮게 뭐 하러 만들어. 사서 먹는 게 훨씬 싸고 맛있는데' 하고 생각하는 사람의 마음은 점점 황폐해져간다. 생각을 고쳐먹지 않으면 안 된다.

정성스럽게 음식을 만드는 여자가 되자. 간단한 것도 괜찮다. 만드는데 의의가 있다. 야채를 씻고 써는 소소한 작업이 마음을 윤기나게 해준다. 이 모든 것이 수행이고 철학이다.

집에서 음식도 만들지 않으면서 문화센터에 아무리 열심히 다녀봤자 헛수고임을 명심하자.

절약보다 쇼핑을 하자

무엇이든 모으기만 하는 자린고비

내가 하는 말이 도통 갈피를 잡기 힘들다고 푸념하는 사람이 있을지 모르겠다.

검소한 생활을 하라고 했다가 이번에는 쇼핑을 부추기고 있으니 말이다. 내 마음이 왔다 갔다 하는 모양이다.

실제로 요즘 절약하는 게 싫어졌다.

아는 사람 중에 아주 견실한 사람이 있다. 말이 좋아 견실이지 실은 절약가다.

아니, 까놓고 말하면 자린고비. 물론 본인은 모른다.

자린고비는 자기 것도 안 살뿐더러 다른 사람에게 무엇을 사주는 발상 자체가 없다. 그렇지만 받기는 좋아한다.

꼭 필요한 것만 사기 때문에 돈은 모일지 모르나 쓰지 않고 모으기만 하면 썩고 만다.

그녀는 패션에는 도통 관심이 없는 듯 늘 스웨터에 바지 차림이다. 늘상 입던 차림새 그대로 파티에 나타났을 때는 정말 어이가 없었다.

절약도 정도껏 해야

그녀와는 일 때문에 만날 기회가 많았는데 나는 10년 넘게 그녀가 누군가에게 무엇을 주는 모습을 본 적이 없다. 선물을 받으면 가볍게나마 답례를 하는 것이 보통 사람의 발상인데 그녀는 아니었다. 답례를 해야 할 의무는 없지만 한 번 쯤은 다른 사람을 기쁘게 하고 싶다는 생각은 들지 않을까?

나는 그녀를 보면서 그 당시에는 손해가 없을지 모르나 다른 사람에게 '고맙다'는 말을 듣지 못하는 인생은 결국에는 아무 것도 남는 것이 없다는 생각이 들었다.

아무 것도 사지 않는 사람은 다른 사람에게 주지도 않는다. 사지 않으니 줄 게 없다. 무엇이든 맘에 들면 사는 사람은 다른 사람에게 주기도 잘 준다.

"이거 너무 맛있어보여서 샀어." "먹어봐."

나는 마음이 동하면 뭐든 금방 사는 사람이 좋다.

절약을 미덕으로 삼는 사람에게는 한 소리 들을지 모르지만 절약도 적당히 해야지 그렇지 않으면 인간이 작아진다.

받는 즐거움보다 주는 즐거움이 100배는 크다

나는 절약 모드일 때와 쇼핑 모드일 때가 극심하게 다르다. "노후를 생각하면 지금 이런 걸 살 때가 아니야. 옷은 있을 만큼 있으니까 사지 말자."고 다독거리는 화살 끝에 마음에 드는 옷을 보면 참지 못하고 지갑을 꺼내고 마는 내가 있다.

쇼핑으로 스트레스 해소를 한다고 말하는 사람이 있을 정도로 쇼핑은 즐겁다. 즐거우니까 하게 된다. 또 즐거우니까 하면 된다. 나는 나 스스로에게 그렇게 말한다. 내 것만이 아니라 다른 사람을 위해 무엇을 살 때 그 즐거움은 배가 된다.

나는 작고 귀여운 것을 보면 한꺼번에 많이 사는 경향이 있다. 가격으로 치면 몇 백엔 정도에 지나지 않는 것들이다. 엊그제도 너무 앙증맞고 예쁜 크리스마스 장식품을 발견하곤 가게 점원이 놀랄 만큼 사고 말았다.

자린고비라면 절대 하지 않는 짓이다. 받는 즐거움보다 주는 즐거움이 훨씬 크다는 사실을 자린고비들은 모른다.

인생의 즐거움은 이런 곳에도 숨어 있다. 그러니 쇼핑을 즐기자. 많이 사서 많이 나눠주자. 주는 사람에게 복이 내릴지니라.

아름다운 몸은
긍정적인 마인드를 불러온다

야무지지 못한 내가 싫어

최근에 부는 웰빙 붐 탓에 발레나 재즈 댄스, 요가교실이 문전성
시를 이룬다고 한다.

이것은 매우 바람직한 현상이라고 생각한다. 옛날에는 요가를
배운다고 하면 '어머머, 그런 것도 하세요? 그럼 다리 잘 올라가겠
네?' 하고 놀라곤 했지만 지금은 아무도 놀라지 않는다. 그만큼 보
편화되었기 때문이다.

요가 교실에서 열심히 요가를 하고 있는 사람들을 보면 대개가

잘 다듬어지고 탄탄한 몸매를 자랑한다. 요가를 한 덕분에 몸의 곡선이 살아나 예쁜 것인지 원래 몸매에 신경 쓰는 사람이 요가를 하니까 그렇게 보이는 것인지 어느 쪽이 먼저인지는 모르겠지만 몸을 움직이는 사람은 보기만 해도 아름답다.

나는 무엇에든 금방 질리는 성격이라 제대로 뭘 오랫동안 배워본 적이 없다. 일주일에 한 번씩 발레 교실에 다닌 적이 있는데 선생님이 바뀌면서 그만 두었다. 한 번 리듬이 깨지면 원래 자리로 돌아가기가 어려운 법이다.

어영부영 1년이 지나고 정신을 차려보니 몸무게가 3킬로그램이나 늘어 있었다. 발레는 좋아했지만 선생님이 싫다는 둥, 교실 분위기가 싫다는 둥 핑계를 대는 사이 지방이 붙어난 것이다.

아무리 노력해도 줄어들지 않는 뱃살을 내려다보니 야무지지 못한 내 자신이 싫어졌다.

그럴 즈음 옛날에 배우던 선생님에게서 연락이 왔다. 오랜만에 넓은 강당에서 음악에 심취하니 마음이 설레었다.

그리고 1년 만에 발레를 다시 하게 되었다. 레슨을 받으면 나의 몸을 의식하게 된다. 숨을 깊게 들이 마시면서 배를 넣고 등을 쭉 펴니 마음까지 쭉 펴지는 느낌이었다.

발레를 하면서 몸과 마음은 하나라는 사실을 절실히 느꼈다. 기분이 안 좋을 때는 발레교실에 나가고 싶은 마음이 없어진다. 기르던 고양이가 죽었을 때도 그랬다.

그러나 마음을 추스르고 억지로 나가서 레슨을 받으면 다시 의욕이 샘솟는다.

모델같이 완벽한 몸매가 아니더라도 자신의 몸을 의식하는 사람에게서는 아름다움이 느껴진다. 몸을 의식하면서 살면 마음까지 다부져진다. 소파에 엉겨 붙어 있으면 되는 일이 하나도 없는 것처럼 느껴지지만 등을 쫙 펴고 걸으면 무슨 좋은 일이 생길 것 같은 기분이 들지 않는가.

춤을 추면서 인생을 후회하는 사람이 있을까?

댄서들은 보통 사람들보다 훨씬 긍정적인 사고를 가지고 있다고 한다.

몸을 움직이면 마음까지 가벼워지기 때문이다. 그뿐 아니다. 춤을 춤으로써 몸매까지 아름다워지니 그야말로 일석삼조가 아닐 수 없다.

춤을 추면서 인생을 후회하는 사람이 있을까?

일 년 내내 다이어트에 매달린다고 한심하게 보아서는 안 된다. 다이어트에 열심인 사람은 몸매에 아무 신경도 쓰지 않는 사람보다 훨씬 긍정적인 사고의 소유자니까 말이다. 아름다운 몸매를 향한 열정은 적극적이고 긍정적인 마음에서 나온다. 반대로 '이 나이에 무슨 몸매 타령이야' 하는 사람 중에는 부정적인 마인드를 가진 사람이 많다.

자, 요가 교실이든 발레 교실이든 나가서 몸을 움직여보자. 몸에 딱 달라붙는 반짝이 의상을 입고 거울을 보고 외쳐라. "다음 달에 보자고!! 지금 이 모습은 오늘이 마지막이야." 하고 말이다.

발레 선생님이 말씀하시길 꾸준히 몸을 움직이면 3개월 만에 금방 변화가 보인다고 한다. 일주일에 한 번이라도 운동을 하는 사람과 안 하는 사람의 차이는 천양지차다.

이유도 없이 자꾸 우울해진다고 푸념하는 당신, 무대의상을 입고 강당을 휘저어보라. 안개가 단번에 걷힐 터이니.

진정한 자아 따윈 아무데도 없다
자신의 목표와 꿈을 만천하에 알리자
무엇을 하고 싶은지 몰라도 괜찮다

Chapter 3

당신이
원하기만 하면
'진정한 당신'을
찾을 수 있다

진정한 자아 따윈 아무데도 없다

나를 괴롭히는 '당신은……'

다른 사람에 대해서는 분석이 가능하면서 자기 자신을 보지 못하는 사람이 많다. 이 사람은 이렇다 저렇다 단언하면서도 정작 자신을 돌아보면 어떤 사람인지 모른다.

"당신이란 사람 가끔 제 멋대로 일 때가 있군요."라는 말을 들으면 놀라는 것이 당연하다. 생각지도 못했던 지적을 받으면 누구나 당황한다.

'내가 그렇게 제멋대로인 사람으로 보이나?' 한 번도 그렇게 생각해본 적 없는데. 제멋대로인 사람은 내가 아니라 당신이잖아!

그 때부터 그 말이 그림자처럼 나를 따라다니며 괴롭힌다. 비록 악의가 없다 하더라도, 당신이 아무렇지도 않게 내뱉은 한 마디에 상대방은 상처를 받을 수 있다.

내가 물렁해 보이는지 나는 친구들에게서 '너는 말이야……' 하는 말을 자주 듣는다. 대개가 상처로 남는 말들이다.

한 번은 "넌 참 차가운 애 같아."라는 말을 들은 적도 있다. 친구들한테 돈도 자주 빌려주는데 어디가 차갑단 말이야! 하고 외치고 싶은 기분이 들었다. 그런 말 하나하나에 일일이 반응할 필요가 없다고 깨달은 것은 그 후 한참 뒤의 일이다.

누구나 자신에 대해 좋은 말을 들으면 기분이 좋지만 좋지 않은 말을 들으면 화가 난다. 우리는 진정한 자신의 모습을 알려고도 하지 않는다.

"당신 참 친절한 사람이군요."라는 말을 들으면 기쁘지만 정말 내 자신이 친절한 사람인가 생각해보면 고개가 갸우뚱거려진다.

왜냐하면 당신은 친절한 때도 있지만 심술을 부릴 때도 많기 때문이다.

진짜 자신은 '좋은 사람'이 아니다

나도 예외는 아니다. 다른 사람에게 상냥할 때와 심통을 부릴 때가 극단적으로 다르다. 어떤 일을 부탁받았을 때 "좋아, 내가 하지 뭐."하고 기분 좋게 말할 때가 있는 반면 "왜 내가 해야 하는데!"하고 짜증부터 날 때도 있다.

그렇다. 나는 착한 사람이기도 하고 나쁜 사람이기도 하다. 두 모습 다 내 모습인 것이다. 그렇게 생각하자 사는 게 즐거워졌다.

누구나 좋은 사람이 되려고 노력한다. 그러나 이상과 현실의 괴리가 존재하는 한 나는 어떤 사람인지에 대한 정답은 없다.

"친구들이 생각하는 내가 나의 전부는 아니잖아. 그렇다면 진짜 나는 어떤 사람이지……?"

오랜 시간 자아를 찾아 시간여행을 해온 내가 내린 결론은 '모두 내 본모습'이라는 곳에 다다랐다.

착한 나와 못된 나가 모두 내 본모습

친절하고 상냥한 나, 심통쟁이 나, 제멋대로인 나, 겸허한 나, 솔직한 나, 욕심쟁이 나, 귀여운 나, 약한 나, 강한 나…….

모두가 나다. 내가 삶에 관해 고찰하는 책을 쓰는 탓에 굉장히 철두철미하고 강한 사람이라고 오해하는 분들이 많은데 실은 전혀 아니다. 어제도 속상해서 펑펑 울었다.

울던 웃던, 다른 사람이 나를 좋게 보건 말건 그런 것은 아무래도 좋다. 울고 웃고 싸우고 화해하고 기뻐하고 슬퍼하는 그 순간순간에 존재하는 내 모습이 모두 내 본모습이다.

마음이 약해질 때 자신을 혐오하고 채찍질 할 것이 아니라 잠깐 약해져 있다고 생각하자.

누구나 상황에 따라 강해지기도 또 약해지기도 한다.

그렇다. 태양처럼 강할 때가 있으면 약할 때도 있다. 그것을 인정해야 한다.

진짜도 가짜도 없다. 그렇게 생각하니 마음이 편해지지 않는가.

어설픈 자기 자신을 인정하라

자기 자신을 대단하다고 생각하는 사람이 문제

　확실한 데이터는 없지만 자살하는 사람 중에 학력이 높거나 남들이 부러워할만한 일자리에서 일하던 사람들이 많다.

　좋은 대학을 나오고 좋은 직업을 가지고 있다고 행복할까. 인간은 그리 단순한 존재가 아니다.

　'그렇게 좋은 대학을 나온 사람이 왜?' '그렇게 남부러울 것 없어 보이는 사람이 왜?' 하는 의문이 들지만 좋은 대학 좋은 직장과 행복은 별개의 문제다.

승진하지 못해서, 한직으로 물러나서, 업무에서 큰 실수를 저질러서 등등. 성공한 사람처럼 보이는 사람일수록 사고의 폭이 좁아 시련을 감당해내지 못하는 경우가 많다.

늘 탄탄대로를 달려왔기 때문에 그 레일에서 조금만 벗어나도 모든 게 끝장이라는 극단적인 발상을 하게 되는 것이다.

그러나 자기 자신을 그저 그렇게 생각하는 사람은 갑자기 불행이 닥쳐와도 그것을 받아들이고 대처할 수 있는 유연성이 있다.

자기 자신을 대단하다고 생각하는 사람이 문제다. 떨어져본 적이 없기 때문에 겁에 질려서 밀어붙이지도 막아내지도 못하기 때문이다. 나도 별 수 없구나 생각하면 실패를 해도, 인정을 받지 못해도 심적으로 감당할 수 없다.

왜 논리적이어야만 해?

젊은 시절 나는 근본은 어설픈 주제에 논리적인 인간으로 보이고 싶어서 안달을 쳤었다. 이지적이라는 단어가 나를 지탱해주는 힘이었다고 해도 과언이 아니다.

복장만 이지적이었을 뿐 마음과 머리는 전혀 이지적이지 못했다. 그것은 누구보다도 내가 제일 잘 안다.

그 당시 나는 괴로웠다. 나 자신을 어설픈 사람이라고 인정하지 못했던 나는 억지로 까치발을 하며 간신히 버티고 있었다. 매일 말발굽을 끼고 서 있던 꼴이다.

그래서 조금이라도 생각했던 대로 일이 풀리지 않으면 이내 죽음을 떠올리곤 했다.

그러나 그로부터 20년이 지난 지금은 누구에게 무슨 소리를 듣던 아무렇지도 않게 받아들이게 되었다.

"미안해요. 제가 좀 모자라서 잘 몰라요."라고 말할 수 있는 여유가 생겼다.

당신에게 묻고 싶다. 왜 그렇게 논리에 연연하느냐고.

혹시 다른 사람에게 그렇게 보이고 싶어서? 가슴에 손을 얹고 생각해보자.

다른 사람은 당신의 논리 따위는 안중에도 없는데 당신만 필사적으로 다른 사람을 의식하고 있다면? 이것만큼 바보스러운 일이 또 어디에 있겠는가. 아무도 당신에게 주목하지 않는다. 주목받고 싶은 당신의 바람이고 착각일 뿐이다.

자, 바보가 되어 어설픈 자신을 즐기자

당신이나 나나 바보이기는 마찬가지다. 그것을 인정하고 세상을 즐기면 된다. 조금 어설퍼도 그게 뭐 대수인가.

어설퍼야 인생을 즐길 수 있다.

"마츠바라 씨한테는 졌네요. 갑자기 춤을 추시다니. 하하하." 하며 식은땀을 닦는 어느 회사 사장님.

"그런가요?"하고 아무렇지도 않게 웃는 나. 그 분도 싫지 않았음이 말투에서 느껴졌다.

다만 나처럼 갑자기 춤을 추는 사람을 본 적이 없어서 놀랐을 뿐이다.

"죄송해요. 음악이 나오면 가만히 앉아있을 수가 없어서요. 전생에 댄서였나 봐요. 호호호."

움크리지 말고 있는 그대로 자신을 표현하는 게 훨씬 즐겁고 행복하다.

해답을 찾을 수 없을 때는
솔직하게 털어놓고 도움을 구하자

내 힘으로는 한계가 있어……

살면서 어떻게 하면 좋을지 막막할 때가 누구에게나 있다. 한 번
도 그런 경험이 없다고 말하는 사람이 있다면 정말로 한 번 만나보
고 싶다. 아니, 만나고 싶지 않다. 그런 사람과는 어떻게 대화를 나
눠야 좋을지 막막해지기 때문이다.

'저에게는 하느님이 계시기 때문에 걱정 따윈 없어요.' 하고 말
하는 수녀님을 뵌 적이 있다. 나는 그녀를 보고 부모를 절대적 존
재로 인식하는 아이와 같다는 생각이 들었다.

비록 그 대상이 하느님이라고 해도 누군가를 절대시하는 사람은 고민하는 자체를 두려워하는 사람이 아닐까 하는 생각이 든다. 모든 게 정해져있다면 고민하지 않아도 되니 그것만큼 편한 게 없다.

기를 쓰고 명문대학에 들어가려고 하는 것도 따지고 보면 졸업 후 일자리 걱정을 할 필요가 없기 때문이다.

학벌에 연연해하는 사람, 이성에 의존하는 사람, 돈에 의존하는 사람, 신에 의존하는 사람에게는 공통점이 있다.

나는 고민하고 이해하고 결론을 내리고 또 부정하고 방황하는 사람이 좋다. 왜냐하면 그런 과정을 밟는 사람에게서는 삶의 향기가 느껴지기 때문이다. 과정 없이 다 아는 것처럼 말하는 사람이 싫다. 그래서 신의 말을 자기 말처럼 하는 사람은 질색이다.

해답을 찾지 못하고 방황할 때는 괴롭고 힘들다. 얼른 그 터널에서 빠져나가고 싶은 마음 굴뚝이다. 그러나 터널을 빠져나오면 또 다른 터널이 우리를 기다리고 있다.

그럴 때는 초조해하지 말고 다른 사람의 의견을 구하자.

지난 시간들을 돌아보면 다른 사람에게 솔직하게 자신의 상황을 알리고 도움을 청할 때 긴 터널의 끝이 보였던 적이 많았다.

자기 자신의 힘은 한계가 있음을 인정하자.

무엇이든 말로 마음을 표현하자

나는 한밤중에 선배 집을 찾아서 한숨어린 푸념을 하곤 했다.

"모두들 뭐가 그리 즐거운지 모르겠어요. 나는 뭘 해야 행복해질 수 있을까요?"

"산다는 게 뭘까요? 선배는 지금 행복해요?"

엉뚱하고 실없는 질문의 연속이다.

"난 내가 머리가 좋은 줄 알았어요. 근데 어떻게 살아야하는지조차 모르고 정말 바보가 따로 없네요."

내가 솔직하게 마음의 문을 열면 상대방도 마음을 열고 응수해준다.

무엇이든 좋으니 말로 마음을 표현하자.

혼자서 끙끙 앓아봐야 해답은커녕 실마리조차 보이지 않는다.

인간은 인간을 통해 배운다. 무엇이든 묻고 의견을 구하자.

만약 아무 성과가 없었다면 다른 사람을 붙들고 말해보자. 포기하지 않는 마음이 중요하다.

'잘 모르겠어요. 가르쳐 주세요' 라고 말할 수 있는 사람은 순수한 사람이다.

마음을 터놓고 대화를 나누는 동안 자연스럽게 해답이 보이는 경우도 많다.

꿈을 이루기 위해서는

자신의 목표와 꿈을
만천하에 알리자

마음으로 100번 생각하는 것보다

입으로 한 번 말하는 게 낫다

꿈을 이루는 사람과 이루지 못하는 사람의 차이는 운이나 재능
이 아니라 생각하는 강도에 있다고 생각한다.

이름은 잊어버렸는데 어느 헐리웃 스타 일화가 떠오른다.

아버지의 사업 실패로 가족들이 이곳저곳을 전전하면서 생계
를 위해 힘든 일을 하지 않으면 안 되었던 시절. 그러나 그는 언젠
가 영화배우가 되어 부자가 되겠다는 결심에는 흔들림이 없었다.

주변 사람들이 바보 같은 소리라고 비웃었지만 그는 꿈을 접지 않았다.

그는 매일 뒷산에 올라가 소리쳤다.

"나는 반드시 헐리웃 스타가 될 거야!!!"

그 후 10년, 그는 배우가 되었고 억만장자가 되었다.

이런 이야기를 들으면서 나와는 상관없는 일로 치부하는 순간, 행운의 여신은 당신을 떠나고 만다. 운명의 갈림길은 여기에서 나뉜다.

원하는 꿈과 목표는 반드시 입으로 말하자. 마음속으로 100번 생각하는 것보다 입으로 한 번 내뱉는 편이 훨씬 강렬한 힘을 가진다.

말이 씨가 된다는 말이 괜히 생긴 말이 아니다. 말에는 혼이 숨쉬고 있음을 명심하자.

입으로 말하지 않은 꿈은 절대 이루어지지 않는다

정말로 이루어질지 어떨지 모르는데 자기의 꿈과 목표를 다른 사람에게 말하기란 여간 쑥스러운 일이 아니다.

그렇지만 정말로 간절히 원한다면 겸손해서는 안 된다. 입술을 통해 표현해야 한다.

만약 '꼭 프랑스 사람과 결혼해서 프랑스에 가게를 열고 싶어'라고 생각한다면 그것을 그대로 말로 표현하는 것이다. 다른 사람이 웃든 말든. 그 사람이 돈을 내줄 것도 아니니까 말이다.

그런데 젊은 시절 나는 그러질 못했다. 뭘 하고 싶은지도 확실히 정립되지 않았을 뿐더러 부끄럽기도 했다. 아니, 하고 싶은 일이 현실과 너무나 동떨어져 있었기에 입으로 발설한다는 자체가 가당치도 않게 느껴졌었다.

지금은 말할 수 있다. 나는 배우가 되고 싶었다.

나는 공상하기를 좋아했다. 그렇다고 배우라니. 이루어질 리 만무한 꿈이었다. 벌써 서른 살인데 무슨 배우를 한다고. 게다가 평범하기 그지없는 외모……. 나는 내 멋대로 시나리오를 만들고 이내 꿈을 접었다.

그렇지만 만약 그 때 '지금부터라도 늦지 않아. 난 할 수 있어. 배우가 되겠어' 하고 선언했더라면 지금쯤 브라운관을 누비는 배우가 되어 있을지 누가 알겠는가.

결국 나는 비참한 모습을 자초하고 싶지 않다는 핑계로 오디션 조차 보지 않았다.

한 번도 입 밖으로 내본 적이 없기 때문에 이 꿈에 대해서는 아무도 모른다. 혼자 마음속으로만 북 치고 장구 치고 했을 뿐 아무 노력도 하지 않았기에 이루어지지 않는 게 당연하다.

꿈은 크게 그리고 큰 소리로

언제부터인지 모르지만 나는 생각하고 원하는 바를 아무렇지도 않게 입에 올리는 사람이 되어 있었다. 지금의 나는 그야말로 '떠버리, 허풍쟁이'라는 말을 들어도 어쩔 수 없을 정도로 거침없이 말한다.

상대방이 '또 시작'이라고 웃어도 나는 개의치 않는다. 왜냐하면 진짜로 그렇게 되고 싶다고 생각하기 때문이다.

이쯤에서 나의 지금 꿈을 한 번 말해볼까?

'내년에 캐나다 국제영화제에 작품을 출품해서 상을 받고 프랑스에서 영화를 상영할 거야! 다케시에게는 절대로 지지 않아! 다음

은 '준코' 시대라고. 그리고 리차드 기어도 만날 거야!'

나의 정신 상태를 의심하건 말건 그건 당신 자유다. 수상작을 발표하는 날 입을 옷까지 어제 사 둔 나다.

꿈은 크게 가질 것. 그리고 큰 소리로 말할 것.

말한다고 돈 달라는 사람 없다. 실제로 이루어지지 않는다한들 벌금을 낼 일도 없다. 손해 볼 게 아무 것도 없다.

신기하게도 말하면서 점점 생각이 굳건해진다. 한 발짝씩 그 꿈에 다가가고 있음이 느껴진다. 연애할 때 사랑한다고 자주 말하면 할수록 점점 불타오르는 것과 마찬가지다.

부끄러워하지 말고 꿈과 목표를 큰 소리를 말하자.

얼마나 통쾌하고 즐거운 일인지. 경험해보지 않으면 모른다. 나는 혼자 방에 있을 때도 큰 소리로 '꼭 프랑스에서 작품을 상영할 거야' 라고 외치곤 한다.

그래서 지금부터 불어를 배울 작정이다.

'무엇을 하고 싶은지' 몰라도 괜찮다

자기가 무엇을 하고 싶은지 찾아내는 일은

그리 간단한 문제가 아니다

자기가 무엇을 하고 싶은지 확실히 알고 있는 사람은 목표를 향해 나아가면 된다. 그러나 문제는 그게 무엇인지 모르는 사람이다.

산을 오르고는 싶은데 어떤 산을 오르면 좋을지 모른다. 후지산을 오르고 싶은 마음이야 굴뚝이지만 너무 힘들어 중도에 포기할 것만 같다. 그렇다고 동네 야산을 오르자니 별 감흥이 없을 것 같다.

아직 목표를 정하지도 못했는데 벌써 30대 중반.

어느새 지쳐서 꿈도 희망도 잃은 나 자신을 발견하게 된다. 이럴 줄 알았으면 애당초 꿈같은 건 꾸지 말고 현실을 쫓아 돈이라도 많이 모아둘 걸 하는 후회가 밀려든다.

말하기는 쉬워도 이는 그리 간단한 문제가 아니다.

40대 중반의 나는 내가 하고 싶은 일을 하고 있다고 생각하고 있었지만 실은 100% 만족하지 못하고 있었다.

그냥 흘러가는 대로 내버려두자

글을 쓰는 직업이 조금 특별해 보이는지 내가 꿈을 이룬 사람처럼 생각하는 분들이 많다. 그러나 처음부터 계획했던 일이 아니기 때문에 가끔씩 이상한 기분에 젖곤 한다.

아까도 말했지만 나는 배우가 되고 싶었다. 나는 무대라는 공간이 좋다. 그런데 왜 만날 책상 앞에 앉아서 씨름을 하고 있을까. 알 수 없는 노릇이다. 그저 어떻게 하다 보니까 여기까지 왔다고 밖에 말할 수가 없다.

목표로 했던 일이 아니었기에 피땀 흘려 노력한 것도 아니다. 좌충우돌 고민의 고민을 거듭하며 살다보니 어떻게 여기까지 왔다. 그렇기에 만약 여러분들에게 어드바이스를 한다고 하면 나는 이렇게 말해주고 싶다. 뭘 하고 싶은지 모를 때는 그냥 흘러가는 대로 몸을 맡기자. 아직 시기가 아니라고 마음 편하게 생각하자.

빨리 갈 길을 정했다고 해서 꼭 좋은 것만은 아니다. 사람마다 시기가 다 다르다고 나는 생각한다. 다른 사람과 비교하면서 초조해하지 말고 나는 나라고 언젠가 하고 싶은 일이 무엇인지 분명히 깨닫는 시기가 올 것이라고 그렇게 생각하자.

자기가 무얼 해야 좋을지 무엇을 하고 싶어 하는지 모르는 사람은 어쩌면 매우 철학적인 사람이다. 직업이나 구체적인 목표를 정하는데 그만큼 사색하고 고민하는 사람이기 때문이다.

니 또한 원하는 직업은 배우였지만 진짜로 내가 원하는 나는 또 다른 모습이었다는 것을 어렴풋이 느끼고 있었다. 그러나 어렴풋이 느끼고만 있었을 뿐 그 실체가 무엇인지 확실히 알지 못했다.

때가 되면 자연적으로 깨닫게 된다

이 나이가 되자 나는 내가 원하는 삶이 꽤 고차원적이었다는 것을 알게 되었다. 고차원? 그래서 30대 때 그리 헤매고만 있었던 것이다.

물질적인 풍요나 사회적 지위가 아니라 마음이 풍요롭고 높은 이상을 가진 사람이 되고 싶었다는 생각이 든다.

앞으로 또 다른 나의 모습을 꿈꿀지도 모른다. 변해갈 내 모습을 즐기고 있는지도 모른다.

누구나 때가 되면 자연스럽게 자신이 원하는 바를 깨닫게 된다. 그러니 설령 지금 그 실체가 전혀 감잡히지 않는다 하더라도 현재 주어진 일에 열심히 매달리자. 아이가 있는 사람은 엄마로서, 일하는 여성은 커리어 우먼이라는 자부심을 가지고 순간순간 최선을 다하자. 주어진 일에 전념하는 동안 자신이 원하는 모습이 자연스럽게 그려질 것이다.

멀지도 가깝지도 않은 사람이 되고 싶다
잘 보이고 싶은 욕심이 화를 부른다
겸허한 마음을 가지면 인간관계의 트러블도 없어진다

Chapter **4**

성숙한 여성은
딱 적당한
거리감을 안다

잘 보이고 싶은 욕심이 화를 부른다

나는 도대체 어떤 사람이지?

누구나 다른 사람이 나를 잘 봐줬으면 하는 마음이 있다.

다른 사람이 뭐라 하든 상관없어! 하고 호언장담하는 나조차 세미나가 끝난 뒤 실시하는 앙케이트 한 문장 한 문장이 신경이 쓰이는 건 어쩔 수 없다.

나를 어떻게 생각하고 있을까?

좋게 말하면 밝은 사람, 나쁘게 말하면 주책없는 사람?

젊었을 때 나는 다른 사람들이 나를 어떻게 생각하는지에만 신경이 곤두서 있었다. 어렸을 때에는 구김살 없이 자유분방한 아이였는데 대학을 졸업하고 사회에 나오면서부터 사람들 눈을 의식하게 되었다.

나는 내가 하고 싶은 일을 좀처럼 찾지 못해 스스로 불행하다고 느끼고 있었기 때문에 다른 사람들이 그것을 눈치 챌까 두려웠다. 다른 사람의 행복 따위 전혀 관심이 없었던 주제에, 아니 관심이 없는 정도가 아니라 배 아파하던 심술꾸러기였던 주제에 다른 사람이 나를 잘 봐주기를 바라는 마음에 억지 미소를 지으며 '축하해. 정말 잘 됐다' 라고 마음에도 없는 말을 하곤 했다.

피곤에 지쳐 집에 돌아보면 그 때부터 본성이 드러났다.

현관문을 거칠게 열고 부츠를 내던지듯이 벗어던지고는 소파에 엎드려 엉엉 울곤 했다.

도대체 내가 지금 뭘 하고 있는 거지? 다른 사람에게 잘 보이려고 필사적으로 애쓰고 있는데 아무도 상대해주지 않잖아. 나보다 성격도 나쁜 여자가 어떻게 그렇게 멋진 남자를 만난 거냐고. 도대체 왜 하느님이 이렇게 불공평한 거냐고! 내가 도대체 어디가 어떻다는 거야. 내 불행은 언제쯤 끝나는 거냐고! 매일 매일 지옥이 따로 없었다.

내 인생 남이 살아주지 않는다

다른 사람이 좋게 생각하든 나쁘게 생각하든 인생은 바뀌지 않는다는 사실을 깨달은 것은 40대에 접어들어서부터였다.

누구나 자기 편할 대로 다른 사람을 판단한다. 나한테 유리하면 좋은 사람이고 나한테 불리하면 나쁜 사람이다. 아무리 '착한 사람'을 연기해도 통하는 사람이 있고 안 통하는 사람이 있다.

다른 사람에게 잘 보이려고 발버둥 쳐봐야 아무 소용도 없다는 말이다.

그걸 깨달은 다음부터 나는 별로 다른 사람을 의식하지 않게 되었다. 아무도 내 인생을 대신 살아주지 않는다는 사실을 깨달았다.

30대 후반부터 나는 인생을 새로운 시각으로 보게 된 것이다. 다른 사람이 어떻게 생각하든 별로 개의치 않게 되었다.

매일매일 생활에 쫓기다보니 다른 사람의 시선을 의식할 시간이 없었다.

"마츠바라 씨, 정말 힘드시겠어요."라는 동정의 말을 수도 없이 들었다.

나는 진짜로 매일 매일이 힘겨웠기 때문에 그런 말을 새겨들을 마음의 여유도 없이 그 날 그 날을 살아가고, 아니 살아내고 있었다.

그러자 나도 모르는 사이에 점점 나 자신의 참모습을 회복하고 있었다.

"나는 정말 불행해. 돈도 없고 결혼도 못하고……"하는 생각이 사라지자 마음도 편해졌다.

신기하게도 그 때부터 주변사람들의 동정 어린 시선도 사라졌다.

이런 내 자신이 좋아

우리는 착한 사람이 아니라 순수한 사람을 좋아한다. 열심히 사는 사람을 좋아한다.

그러므로 다른 사람에게 어떻게 보일까 하는데 신경 쓰기보다 진솔한 자신의 본 모습대로 사는 게 현명한 사람이다.

물론 쉬운 일은 아니다. 그렇기에 도전할 가치가 있다.

다른 사람의 눈높이에 맞추어 살다보면 언젠가 발목을 잡힌다. 언젠가 자기가 밟고 올라왔던 사다리가 사라지고 만다. 왜냐하면 우리는 모두 제멋대로이기 때문이다.

　믿을 사람이라곤 자기 자신밖에 없다. 다른 사람이 날 어찌 생각하든 내가 나를 좋아하면 그것으로 충분하다.

　그렇다. 당신이 펼치는 인생극장의 관객은 오로지 '당신 자신' 밖에 없다.

멀지도 가깝지도 않은
사람이 되고 싶다

인간관계만큼 어려운 일이 또 있을까

인간은 사회적 동물이기에 타인을 무시하고 살기란 불가능하다. 다른 사람과 접촉 없이 살고 싶다면 무인도에 가거나 은둔형 외톨이가 되는 수밖에 없다.

그러나 일 때문에 어쩔 수 없이 싫은 사람들 사이에 끼어있어야 하는 상황이 달가울 리 없다.

거슬러 올라가보면 우리의 모든 고민은 인간관계에서 온다 해도 과언이 아니다.

나의 인간관계 스타일은 맺고 끊는 게 분명한 편이다.

애매모호하고 두루뭉술한 인간관계는 어쩐지 나와 맞지 않는 느낌이다.

신경이 예민한 사람은 회사에 처음 입사했을 때 인간관계에 신경을 바짝 곤두세우지만 나는 오히려 정반대로 긴장감 넘치는 그런 관계를 즐겼다.

"처음 뵙겠습니다……. 오늘 점심 같이 하실래요?"

물론 긴장되는 것도 사실이지만 어떤 사람일지 호기심이 발동한다. 상대방도 마찬가지다.

지나칠 정도로 상대방을 의식한 나머지 어색한 분위기가 만들어지기도 한다.

동호회 모임이나 세미나 같은 곳에 처음 들어섰을 때의 그런 긴장감.

자기소개를 하고 찬찬히 상대방을 파악하기 시작한다. 그중에는 느낌이 좋은 사람이 있다. 같이 차 한 잔 하기를 권하면 상대방도 흔쾌히 응해준다. 아직 긴장감은 가시지 않았지만 즐겁고 유쾌한 대화가 이어진다.

애정과 외로움을 혼동하고 있지 않는가?

그러다가 점점 서로에게 익숙해지면서 '저기, 있잖아요……' '응 그러면 될 거 같은데요' 등등, 친밀감 가득한 대화가 오고간다.

얼마 전에도 발레 교실에서 알게 된 여성이 "어머, 우리 너무 싸한 거 아니에요. 같이 식사라도 해요." 하고 말을 걸어주었다. 물론 웃으면서 구렁이 담 넘어가듯 넘어갔지만.

처음 3개월 정도는 어느 정도 거리감을 두고 관계를 맺으려 하지만 마음먹은 대로 잘 되지 않는다.

물론 젊었을 때 나는 달랐다. 늘 다른 사람과 함께였다.

친해서라기보다 그 당시 나는 혼자 있는 것이 외롭고 싫었던 모양이다. 인생의 목표도 꿈도 분명하지 않았기에 누군가에게 의지하고 싶었으리라. 남자 친구보다는 여자 선배들을 많이 찾았다.

돌이켜보면 그녀들도 나와 같은 심정이 아니었을까 하는 생각이 든다.

그녀들은 끈적끈적한 인간관계를 좋아했다. 그것은 지금도 변함이 없다. 남편과의 관계도, 자식과의 관계도 친구와의 관계도 농

밀하다. 그러나 그것은 애정이 깊이와 비례한다고 생각하지는 않는다.

단지 외로울 뿐이다. 외롭기 때문에 끈적끈적한 관계를 맺지 않으면 마음이 놓이지 않는 것이다. 과거의 내가 그랬던 것처럼.

어떤 부부들은 늘 함께 있으면서 애정을 과시한다. 그러나 그것은 서로 사랑해서가 아니라 외로워서가 아닐까.

자식에게 지나치게 집착하는 사람도 마찬가지다. 사랑해서가 아니라 혼자 있는데 익숙하지 않아서 떼어놓지를 못하는 것뿐이다.

애정과 외로움을 혼동하는 사람이 의외로 많다. 특히 끈적끈적한 인간관계를 추구하는 사람일수록 그런 경향이 짙다. 자식을 신뢰하지 못하기 때문에 옆에 없으면 안절부절 못하는 것이다.

멀지도 가깝지도 않은 사이

거리와 애정은 비례하지 않는다. 꼭 부모 자식 간이 아니더라도. 어딜 가더라도 늘 함께 있는 사람은 사이가 제일 좋을 것이라고 생각하기 쉽지만 그렇지 않다. 늘 함께 있지는 않지만 문제가 생겼을 때 맨 먼저 달려와 주는 사람이 가장 친한 사람이다.

그런 사람과는 늘 '멀지도 가깝지도 않은' 거리감을 유지한다. 끈적거리지도 않고 동떨어져 있지도 않다. 서로를 터치하고 간섭하지는 않지만 필요할 때 손을 뻗쳐주는 관계가 정말로 바람직한 관계다. 그러려면 혼자만의 시간을 즐길 줄 알아야 한다.

끈끈한 관계를 만들기는 쉽다. 그러나 적당한 거리감을 유지하기는 어렵다. 타인을 통해 외로움을 해결하려고 하면 불가능한 일이다.

젊었을 때와 달리 마흔이 지나면서부터 '멀지도 가깝지도 않은' 적당한 거리감을 유지하는 친구가 많아졌다.

내가 그러면 비슷한 사람들이 주변에 몰려드는 법이다.

상대방을 마음껏 칭찬하자

인간관계를 부드럽게 만드는 비결

처세술 관련 서적을 읽으면 이런저런 방법론이 써있다.

책대로만 된다면 이 세상에 인간관계로 고민하는 사람은 없겠지만.

원만한 인간관계를 유지하는데 칭찬만한 묘약이 없다.

'아이들은 칭찬을 먹고 자란다' 는 말이 있지만 어른들도 다르지 않다. 칭찬은 인간관계를 윤택하게 만드는 거름이다.

누군가에게 칭찬을 받으면 기쁘고 행복하다. 칭찬의 말을 듣고

화를 내는 사람은 없다.

그런데도 우리는 칭찬에 인색하다. 아주 훌륭하게 잘 차려입었
거나 무슨 큰 상을 받았을 때 유난스레 칭찬을 떠는 게 전부일 때
가 많다.

잠깐, 여기서 단언하건데 칭찬은 마음에도 없는 아부나 치켜세
우기와는 다르다.

이것을 착각하지 말아야 한다. 칭찬은 상대방을 위하고 배려하
는 행동이다.

누구나 아는 상대방의 장점이 아니라 아무도 눈치 채지 못하는
부분을 찾아서 칭찬해줄 때 비로소 가치가 있다.

그것이 배려다.

당신의 배려 지수는?

그렇다. 칭찬은 아부나 치켜세우기가 아니기 때문에 듣는 상대
방도 기쁘고 행복해진다.

칭찬하는데 어쩐지 어색하고 거북하다고 말하는 당신. 부끄러

움을 타서가 아니라 상대방에 대한 배려심이 부족해서임을 자각해야 한다.

평상시 다른 사람을 칭찬하는데 인색하기 때문에 인간관계가 얽히고 설키는 것은 아닌지 돌아볼 일이다.

나는 칭찬의 중요성을 미국에서 배웠다.

미국 사람들은 커뮤니케이션에 능숙하다. 그것은 타고난 성격이 밝거나 화술에 뛰어나서가 아니다. 바로 칭찬의 힘이다.

혼자서 미국에 갔을 때 "혼자서 어떻게 여기까지 왔어요."가 아니라 "당신은 자립한 여성이군요."라는 말을 종종 들었다. 역시 단어의 선택이 남다르다.

이는 칭찬에 능숙하다는 말과는 약간 거리가 있다. 칭찬에 능숙하다고 하면 어쩐지 아부 섞인 느낌을 지울 수 없다. 여기서 말하는 칭찬은 '상대방에 대한 배려'를 의미하므로 약간 뉘앙스가 다르다.

나는 영어를 썩 잘하는 편은 아니지만 미국인들의 모임에 가면 자연스럽게 융화된다. 나도 상대방의 좋은 점을 찾아서 칭찬해주기 때문이다.

그러나 일본인들의 모임에 가면 몇 시간이 지나서 동화되지 않는 듯한 느낌이 들 때가 있다. 어디가 다른 것일까. 그것은 상대방에 대한 배려 지수의 차이라는 생각이 든다.

일본인을 폄하할 생각은 없지만 일본인들은 배려 정신이 부족한 편이다. 배려 정신을 다른 말로 서비스 정신이라 표현해도 좋다.

억지로 없는 말을 만들어내라는 것이 아니라 상대방의 좋은 점을 찾아서 자연스럽게 칭찬해보자. 절대로 인간관계가 삐걱거리는 일은 없으리라.

칭찬할 구석이 없다고? 그것을 찾는 것이 사랑

이런 이야기를 하면 반드시 이런 질문이 돌아온다.

"아무리 찾아도 칭찬할 구석이 없는데 그럴 때 어떻게 해야 하나요?"

칭찬할 구석이 없다고. 도대체 이 말을 어찌 해석해야 할까.

칭찬할 구석을 찾는 것이 사랑이고 애정이다.

얼굴이 그저 그렇게 생겼다면 '웃는 얼굴이 예쁘네' '다리가 예쁘네' '옷이 잘 어울리네' 등등, 찾으려고만 들면 얼마든지 있다. 다만 당신이 찾으려고 하지 않을 뿐이다.

아무리 괴팍한 상사라도 좋은 점이 있기 마련이다.

"늘 구두가 반짝반짝 거리시네요. 감동입니다."

"회사를 하루도 쉰 날이 없으시다면서요. 정말 대단하시네요." 마음만 먹으면 얼마든지 찾아낼 수 있다.

당신이 칭찬을 하면 상대방은 마음의 문을 연다. 당신이 곤란을 겪을 때 두 팔 걷고 도와준다.

만약 당신의 상사가 "자네는 늘 원기왕성하군. 역시 우리 회사의 꽃이라니까."라는 말을 들었다면 어떨까. 당신이 느끼는 그 마음을 상대방도 똑같이 느낀다.

이것은 비단 회사에서만 통하는 말은 아니다. 친구나 가족. 인간은 모두 똑같다.

칭찬하는 습관이 생기면 칭찬하는 나도 덩달아 기쁘다.

누구나 원만한 인간관계를 추구한다.

마음먹은 대로 되지 않는 것은 상대방을 생각하는 배려심이 부족하기 때문이다.

자, 오늘부터 대화를 나눌 때 상대방에 대한 칭찬의 한 마디를

잊지 말자.

당신이 변하면 세상사람 모두가 당신 편이 되어 주리라.

겸허한 마음을 가지면
인간관계의 트러블도 없어진다

비판에만 열을 올렸던 바보

인간관계가 원만히 풀리지 않을 때 우리는 자기도 모르게 남 탓을 하고 만다.

저 사람 성격이 어떨까?

왜 저런 말을 하지?

왜 저렇게 밖에 행동을 못하냐고! 등등, 나쁜 것은 모두 상대방 탓이다.

나도 그랬다. 잘못되면 모두 회사 사람들 탓으로 돌렸다.

'저러니까 대기업에 못 들어가고 이런 회사에 다니지' 하면서 바보 취급하기 일쑤였다. 나도 그 중 한 사람이면서.

돌이켜보면 부끄럽기 짝이 없지만 당시 나는 타인을 비판하는 데만 열중했었다.

스물네 살 때 나는 다니던 회사의 여사장님에게 미움을 받고 있었다.

나름대로 열심히 한다고 하는데 어지간히 내가 마음에 들지 않았던 모양이다.

나는 기분이 얼굴에 드러나는 타입인데 내가 그분을 탐탁치 않아하는 마음을 들킨 것 같았다.

'건방지다' 며 노골적으로 면박을 주는 사장님.

'어디가요?' 하며 대드는 나.

그렇다. 그런 내 모습이 건방져보였던 것이다.

그 때 나는 속으로 생각했다. '어휴 또 시작이네. 이 히스테리 여사장. 내가 확 그만둬 주지!'

나쁜 것은 그 히스테리 여사장이지 내가 아니다. 다들 잘도 참고 있지만 나는 다르다.

젊은 시절 나는 언제 터질지 모를 폭탄을 안고 살았다.

어떤 일이든 포인트는 인간관계

결국 그 회사를 박차고 나와서 다른 회사에 들어갔다. 저번 회사보다는 어느 정도 규모도 있고 알려져 있는 회사였다. 그런데 나는 회사 사람들과 융화되지 못했다.

뭐라고 표현해야 할까. 서로 사는 세상이 다르다는 느낌이랄까. 누가 특별히 싫어서가 아니라 모든 것이 나랑은 맞지 않는 느낌이었다. 당연히 아침마다 도살장에 끌려가는 소 심정이 되었다.

그래서 또 회사를 그만두었다. 그 때 내린 결론이 '나는 회사 체질이 아니야' 였다.

그 후 나는 피고용인이 되지 않으리라 마음먹었다. 가능하면 다른 사람과 부딪히지 않는 일을 하고 싶었다.

그러나 어떤 일이든 사람을 배제하고는 아무 것도 되지 않는다.

"마츠바라 씨는 정말 특이하신 것 같아요." "마츠바라 씨는 늘 본인 위주군요."라는 말을 얼마나 많이 들었던가. 그럴 때마다 울컥 치밀어서 일부러 더 시건방을 떨었다.

그렇다. 나는 나만 생각하는 인간이라서 다른 사람과 어울리기 힘들다.

내 사전에는 '인내' 라는 단어가 없다는 사실을 누구보다 내가 잘 안다.

인간관계의 비법은 상대방보다 아래에 서기

그러나 지금의 나는 옛날의 내가 아니다. 다양한 사람들과 누구보다도 충실한 인간관계를 맺고 있다고 자부한다. 생각해보면 놀라울 따름이다.

다른 사람은 어찌 생각할지 모르겠지만 현재의 나는 인간관계로 고민하는 일이 좀처럼 없다. 그래서 믿기 힘들 정도로 스트레스가 없다. 언제부터 내가 이렇게 바뀌었는지는 잘 모르겠지만, 아니, 확실히 기억한다. 쉰이 되던 해다.

시민단체를 설립하고 다양한 분야에서 종사하는 사람들을 자주 만나면서 인간관계의 비법을 깨닫게 된 것이다.

인간관계에 서툰 내가 그런 단체를 만들었다는 것 자체가 신기할 따름이다. 나이, 직업, 가성환경이 다른 수백 명의 여성들을 접하면서 많은 것을 배웠다.

내가 깨달은 비결은 늘 상대방보다 아래에 서기.

타인보다 위에 서기는 간단하지만 아래에 서기란 어렵다.

그렇다. 으스대고 큰 소리 치기는 쉬워도 낮추고 겸손해지기는
그리 쉬운 일이 아니다.

"그 정도 일은 네가 알거라고 생각했는데……" 라는 식으로 말
하니까 인간관계가 엉키고 만다.

"죄송해요. 제가 좀 칠칠맞거든요." 그렇게 생각하지 않더라도
그렇게 말하는 것이다.

상대방보다 위에 서니까 첨예한 대립이 생기고 갈등이 생긴다.
상대방보다 아래에 있다한들 그게 뭐 그리 대수인가.

인간관계는 승부를 가늠할 수 없는 일

나는 특별히 내가 잘못한 일이 아니어도 상대방에게 사과한다.
옛날에는 생각할 수조차 없었던 일이다.

특별히 잘못한 것도 없는데 왜 사과를 해야 하냐고 반박하는 사
람이 있을지도 모르겠지만 아래에 서서 사과하는 쪽이 실제로는

이기는 것이다.

지인 중에 늘 정론을 피력하는 사람이 있다. 상황이 조금이라도 불리해지거나 지적을 당하면 얼굴을 붉으락푸르락하며 반론에 열을 올린다.

"그런 의미로 말한 게 아니에요. 오해하지 마세요."

자기를 방어하려고 늘 손톱을 세우고 있다.

옛날의 나라면 그런 사람에게 한 마디도 안지고 같이 반론을 제기했겠지만 지금의 나는 다르다. "맞아요. 당신 말이 맞아요." 하면서 웃어넘긴다. 싸워봐야 좋을 일 없고 그녀의 자존심을 다치게 해봐야 서로 얼굴 붉힐 일밖에 없기 때문이다.

같은 씨름판 위에 서서는 안 된다. 상대방보다 아래에 서자. 인간관계는 누가 이기고 누가 지고 그런 차원의 일이 아니다. 상대방의 마음을 헤아리면 그것으로 족하다.

다 좋을 수는 없는 법

남의 떡이 커 보인다

"정말이지 우리 회사 사람들은 다 이상해."하면서 투덜거리는 사람. 정말로 그 회사에만 이상한 사람들이 모여 있는 것일까.

"너희 회사는 좋아 보이더라. 지난번 만난 부장님도 괜찮은 분 같고." 남의 것은 다 좋아 보이고 내 것은 다 하찮아보인다. 우리가 빠지기 쉬운 함정이다.

"그 집 남편은 정말 가정적이더라. 우리 집 인간은 자기밖에 몰라." 이것도 종종 듣는 말이다.

남의 떡이 커 보이는 법이다. 나를 예로 들자면 강아지나 고양이는 종류를 불문하고 다 좋아하면서 인간에 대해서는 좋고 싫고가 분명해서 탈이다. 그것도 싫은 사람이 압도적으로 많으니.

게다가 정직한 건지 어른스럽지 못한 건지 싫으면 싫다고 얼굴에 써있어 곤란할 때가 한두 번이 아니다.

'인생은 짧다고. 이 짧은 시간에 왜 싫은 사람한테까지 신경 쓰며 살아야 하는데.' 이 말을 입에 달고 살았다. 당연히 내가 좋아하는 사람하고만 관계를 맺었다. 그러나 처음에는 좋았던 사람도 시간이 갈수록 점점 싫은 구석이 눈에 보이기 시작한다.

누구에게나 비호감은 존재하기 마련이다

아아, 인간관계만큼 귀찮고 짜증나는 일이 또 있을까! 차라리 무인도에라도 숨어버리고 싶었던 적이 어디 한두 번인가.

정말로 꼴도 보기 싫은 인간이 누구에게나 있기 마련이다. 나도 예외는 아니다. 분명 상대방도 나를 좋아할 리 없다. 다만, 서로 발설하지 않을 뿐이다.

이런 관계가 점점 싫어지지만 나이는 공짜로 먹는 것이 아닌 모양이다. 그런 사람 앞에서도 태연한 척 있을 수 있으니 말이다.

나는 구두쇠를 싫어한다. 아무리 성격이 좋은 사람이라도 한 푼 두 푼에 쩨쩨하게 구는 사람은 딱 질색이다. 물론 성격이 좋은 사람은 대개 대범한 편이지만.

"저 여자 진짜 구두쇠라니까. 돈 내는 걸 못 봤어. 그 돈 다 모아서 뭐 하려고 그러는지. 죽을 때 싸갈 것도 아니고."

"구두쇠들은 말이야, 결국 늙어 병들어서 그 돈 다 쓰고 죽는다니까."라고 누군가를 째려보며 내 귀에 소곤대는 친구.

"맞아, 맞아. 왜 저러고 살까. 젊고 힘 있을 때 즐기면서 살아야지. 그게 남는 거 아니겠어. 정말 바보가 따로 없다니까."라고 맞장구치는 나.

그러나 같은 모임에 속해 있는 멤버인지라 안 보고 살 수는 없는 노릇이다. 그 모임의 대표를 맡고 있는 나로서는 싫어도 어쩔 수 없이 참고 웃는 낯으로 그녀를 대할 수밖에 없다.

그러나 나는 생각을 고쳐먹기로 마음먹었다. 내가 주재하고 있는 '삶을 생각하는 모임'에서 어느 교회를 방문했을 때 목사님의 말씀이 마치 내 얘기를 하고 있는 것 같아 그것이 계기가 되었다.

······ 누구나 이 세상에 싫은 사람 한두 명은 있기 마련입니다.

자기가 좋아하는 사람들하고만 가까이 지내면 마음은 편하겠지만 배우는 것이 없지요. 싫은 사람을 보면서 자신을 반추하고 반성하고 고치는 계기로 삼을 수 있지 않을까요? 감자를 씻을 때를 상상해보세요. 감자와 감자가 부딪히면서 껍질이 벗겨지고 통통하고 하얀 속살이 드러나지 않나요? 사람도 마찬가지입니다. 싫은 사람과 부딪히면서 자신의 본연의 모습을 깨닫게 되는 것이지요. 싫다고 내칠 것이 아니라 나의 성장을 도와줄 친구로 잘 이용하면 어떨까요? 우리 인생에 이런 사람도 꼭 필요한 것입니다······.

정말 가슴에 와 닿지 않는가?

싫은 사람을 배척하기보다 마주함으로써 자기 자신의 성장 발판으로 삼는다.

좋아하는 사람들에게만 둘러 지내다보면 성장은 기대하기 힘들다.

충분히 공감이 가는 말씀이다. 나는 목사님 말씀을 통해 싫은 사람을 배척하는 것만이 능사가 아니라는 사실을 깨달았다.

만약 업무상, 혹은 사적인 일로 별로 달갑지 않은 사람과 어쩔

수 없이 교제를 해야 한다면 '아, 싫다' 하고 고개만 절레절레 흔

들 것이 아니라 그 시간을 자기 성장을 위한 수행의 시간이라고 생

각하자. 분명 마음이 한층 밝아질 테니까.

머리가 좋은 사람은 공부를 잘하는 사람?
아이로 남아 있으면 안 되나요?
결혼? 하고 안하고는 당신 자유

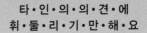

타·인·의·의·견·에
휘·둘·리·기·만·해·요

Chapter

5

유연한 사람은
고정관념에
얽매이지 않는다

머리가 좋다는 게 뭘까요?

머리가 좋은 사람은
공부를 잘하는 사람?

일류대학을 졸업한 사람은 다 머리가 좋을까?

여자들 사이에서 이런 말이 자주 오간다.

"저 사람 도쿄대 출신이래. 머리가 좋나봐." "저 여자 골드만삭
스에 다닌대. 머리가 비상한가봐."

이처럼 머리가 좋은 사람은 모두의 부러움을 산다. 연예인들 중
에는 출신대학을 내세워 자신을 홍보하는 경우도 많다.

대표적인 예가 도쿄대 출신의 기쿠치 레이 양. 그리고 최근 지성
파 배우로 주목받고 있는 마네베 가오리 양. 가오리 양은 사립 명

유연한 사람은 고정관념에 얽매이지 않는다 ••• 121

문대 요코하마 대학 출신이라고 한다. 이들은 호리고시 고교(연예인 학교로 불릴 만큼 유명한 연예인들이 많이 다니는 고등학교) 출신이 아닌 점을 어필한다.

연예계가 무슨 기업도 아닌데 출신대학에 귀를 쫑긋 세우는 게 이상하게 느껴질 정도다. 그러나 명문대학 출신 연예인들을 색다르게 보는 우리들에게도 문제가 있다. TV를 보고 있자면 사회자건 누구건 할 것 없이 그녀들을 특별하게 대하고 있음을 감지할 수 있다. 물론 본인들도 그게 싫지 않은 것 같지만.

어느 대학 출신에 상관없이 사회에 나오면 실력으로 승부해야 함에도 불구하고 이렇게 학력 운운하는 것은 우리가 머리 좋은 사람에게 이상한 동경심 같은 것을 가지고 있는 탓이 아닐까.

당신은 머리 나쁜 사람이 아니다

나는 성적과 머리는 비례하지 않는다고 생각한다.

옛날에는 나도 공부를 잘하는 사람이 머리가 좋은 사람이라고 믿어 의심치 않던 시절이 있었다. 공부를 잘하는 아이는 늘 다른 아이들의 부러움의 대상이었다. 어쩐 일인지 공부를 잘하는 아이는 잘 다려진 셔츠를 입고 있었다.

그러나 공부를 못하는 아이는 웃옷이 바지 속에서 빠져 나오든 말든 늘 교실을 뛰어 다녔다. 친구가 노트를 잃어버려 곤란을 겪을 때 "자, 이거 써." 하면서 건네주는 아이는 늘 이런 아이였다.

공부를 잘하고 머리가 좋다는 것은 도대체 무엇을 의미할까. 머리가 좋다는 것은 공부를 잘하는 것이 아니라 상황 판단이 빠르고 다른 사람의 심리를 금방 알아채는 것이다.

아무리 날고 기는 대학을 나왔지만 옆에 있는 사람의 상황판단조차 제대로 되지 않는다면? 과연 그런 사람을 머리 좋은 사람이라고 할 수 있을까. 사회에 나오면 시험점수가 아니라 다른 사람에 대한 배려 지수로 그 사람의 점수가 매겨진다.

쉽게 알아주지 않기에 가치가 있다

배려는 상대방의 마음이 되어 생각하고 움직이는 것을 말한다.

가령 식당에서 함께 식사를 할 때. 경치가 좋은 자리에 먼저 털

썩 앉는 것이 아니라 다른 사람에 양보하기. 종업원이 오지 않을 때 누가 부르러 가기를 기다리기보다 먼저 일어나 부르러 가기.

소소하지만 이것이 배려다. 배려는 우리 생활의 모든 장면에서 엿보이는 지극히 일상적인 행위다. 유난스럽고 거창한 행위가 아니다.

요즘 젊은 여성들을 보면 배려가 몸에 배어있는 사람과 도대체 배려란 단어를 알기는 아는 걸까 의심이 가는 사람으로 확실히 나뉜 느낌이다.

자격증이나 학력으로 자신의 가치를 높이기보다 배려심을 길러야 한다.

자격증이나 학력은 다른 사람에게 과시할 수 있지만 배려는 그렇지 못하다. 다른 사람에게 박수를 받거나 인정을 받을 만한 것은 아니라는 말이다. 그러나 배려는 다른 사람이 쉽게 알아주지 않기에 가치가 있다.

그러나 결국에는 다 당신의 진면목을 보게 된다. 당신은 그저 당신이 생각하는 대로 최선을 다하면 된다.

배려가 몸에 밴, 내면이 아름다운 여성이 되자.

결혼? 하고 안하고는 당신 자유

결혼하든 말든 그것은 당신 자유

지금부터 내가 하려는 말이 어쩌면 모순처럼 들릴지도 모르겠다.

작년에 출간한 책에서는 '이왕이면 결혼하자'고 해놓고 이번에는 '하든 말든 자유'라니.

어느 쪽인지 분명히 하라는 원성을 듣기 전에 분명히 말해두겠다.

결혼을 하든 말든 그건 당신 자유다.

결혼은 사회적 문제가 아니라 그 사람 개인의 문제다. 보석을 사는 것과 마찬가지로 사고 싶으면 사고, 사기 싫으면 안 사면 된다. 만약 샀는데 그 보석이 가짜였다면 반품하면 그뿐이다. 모든 것은 당신이 결정하는 것이다.

결혼해서 잘 사는 부부를 보면 부러워하고 문제만 일으키는 아이를 둔 부모를 보면 "역시 결혼 안하길 잘했어. 자식 키우는 건 보통 일이 아냐." 하면서 안도하는 당신. 나도 그런 시기가 있었기에 미혼 여성들의 마음은 누구보다도 잘 안다. 결혼을 못해서 안달이 난 것이 아니라 막연히 행복해지고 싶다고 생각하는 것뿐이다.

좌충우돌 시행착오도 인생 공부

나도 그런 사람 중 한 명이었다. 결혼하고 싶어 안달복달 못하던 때는 목표가 없을 때였다. 생활과 일에서 보람을 느끼지 못하던 때, 막연히 결혼이라는 것을 동경했다.

애인이 없을 때는 '결혼 안 해도 되지 뭐' 라고 생각하다가도 막상 누군가가 생기면 '마지막 기회!' 인 양 다른 사람이 되어버리는 나.

정신을 차려보니 어느 새 주위에는 아무도 없었다.

"아아, 어느새 재고 취급?"

내가 결혼이라는 괴물에게서 벗어난 것은 마흔 살 때다. 주면 사람들이 하나 둘씩 결혼을 해서 가정을 꾸리고 그 속에서 행복을 찾을 때 나는 그들과는 다르다는 확실한 자각이 들었다.

다른 사람의 가치관에 좌우되지 말고 나답게 살아가자.

좌충우돌하면 어떤가. 시행착오를 좀 겪으면 어떤가.

우리가 선택하는 삶의 방식은 모두 다르다. 다른 사람의 흉내를 낼 것이 아니라 스스로 납득하는 삶을 살자, 나는 그렇게 결심했다.

나 같은 덜렁이도 마흔 고개를 넘으니 사물과 현상이 제대로 보이기 시작했다. 그렇다. 인생이란 그런 것이다. 신이 우리에게 여든 살이라는 수명을 주신 것은 고비마다 깨달음을 주시기 위해서다. 마흔이 넘자 결혼은 내 인생의 필수 아이템에서 제외되어 있었다.

인생이라는 거목을 보았을 때 결혼은 하나의 잔가지에 지나지 않는다.

결혼을 잔가지라고 생각하면 내가 무엇을 해야만 하는지가 자연스럽게 보인다. 그러나 20대, 30대에는 결혼이 큰 기둥으로만 보인다.

결혼에 상관없이 행복은 만들어진다

만약 당신이 결혼을 인생의 큰 기둥이라고 생각한다면 문턱이 닳도록 결혼정보회사를 들락거려야 한다. 내 주변에도 결혼정보회사를 통해 결혼한 사람이 몇 명 있다.

필사적으로 노력하면 결혼은 할 수 있다.

나는 지금 혼자다. 이해심 많은 남편도 눈에 넣어도 아프지 않다는 자식도 없지만 스스로가 큰 기둥이 되어 단단하게 땅 위에 서 있다.

'언제부터 내가 이렇게 단단하게 서 있지' 하고 스스로 믿기 어려울 때도 있다. 그것이 세월의 힘이다.

결혼은 잔가지다. 그러므로 결혼에 얽매이지 말고 나라는 기둥을 어떻게 단단히 뿌리내릴지 진지하게 고민해보자.

결혼을 하든 안하든 불행한 사람은 불행하고 행복한 사람은 행복하다. 결혼은 결코 행복의 필수조건이 아니다. 결혼을 떠올릴 때

그냥 덤덤해질 뿐 마음이 동요하지 않으면 자신에 대해 더욱 관심

을 가지게 된다.

제발 실체도 없는 결혼이라는 괴물에 휘둘리지 말기를.

철부지 같다는 소리를 자주 들어요

아이로 남아있으면 안 되나요?

'어른' 이란 무엇인가?

"철부지 어린애 같은 구석이 있네요." 라는 말에 기분 좋을 사람은 아무도 없으리라.

철부지라는 말이 풍기는 느낌이 그리 썩 좋은 뉘앙스는 아니기 때문이다. 그러나 '어른스럽다' 는 말을 들으면 어쩐지 어깨가 으쓱해진다. 우리들은 무의식중에 어른으로 취급받고 싶은 마음이 있기 때문이다.

당신이 이미지하는 어른이란 무엇인가?

몸에 밴 매너, 때와 장소에 어울리는 적절한 화법을 구사하는 사람?

누가 봐도 고개를 끄덕일만한 품격을 갖춘 사람?

그것이 당신이 부러워마지않는 어른의 모습인가?

최근 매너를 가르치는 강좌가 인기라고 한다. 젊은 여성들 사이에서는 기미지와 도와코(여배우 출신 주부로 미의 카리스마로 손꼽히는 "엘레강스" 패션리더로 불림)씨와 같이 아름답고 우아한 생활을 하는 여성을 동경해 마지않는다.

가슴 벅찬 꿈을 안고 인기 매너 교실을 다니던 한 여성의 이런 넋두리를 들은 적이 있다.

"매너교실에 다녀봤는데 이건 아니라는 생각이 들더라고요. 화술이나 디너 매너 같은 걸 배우는데 뭐랄까 위화감이 느껴졌어요. 너무 형식에만 치중하는 거 같고. 아무리 겉모양이 좋아도 내 진짜 생활과 매치되지 않고 따로 놀면 의미가 없잖아요. 저한테 맞지 않는 세계 같아서 그만 두었어요."

아무리 교양 넘치고 매너가 좋아도 몸과 마음이 따로 놀면 그것은 연기에 지나지 않는다. 겉모습이 아니라 마음이 빛나고 충만해야 한다.

당신은 당신, 서민의 딸답게 사는 게 제일 예쁘다

나는 일부러 어른스러움을 가장하는 사람들을 싫어한다. 우리처럼 평범한 집안에서 태어난 여성들은 서민의 딸답게 사는 것이 가장 어울리고 위화감이 없다. 물론 특별한 집안에서 태어난 사람들이라면 얘기가 다르지만.

그런데도 우리는 우리가 가진 가치를 모르고 가지지 못한 것에만 집착한다.

우아함과 어른스러움은 도와코 씨에게 맡겨놓고 당신은 당신답게 살아가는 게 제일 어울린다.

맛있는 음식을 보면 절로 소리를 꺅 지르는 천진난만한 당신이 아름답다. 욘사마에 빠져서 꿈속을 헤매는 10대 소녀 같은 당신이 아름답다.

쿠키에 이름을 새겨 넣으며 뿌듯해하는 당신, 그 순수한 마음이 아름답다.

영화를 볼 때 별로 슬프지도 않은 장면에서조차 눈물이 그렁그렁 맺히는 당신, 당신의 그런 마음과 그런 눈물이 아름답다. 백화점 화장품 코너를 지날 때 새로 나온 립스틱을 발라보고 싶어 안달이 나는 호기심 많은 당신, 응석꾸러기 어린애 같은 당신이 아름답다. 욕조에 몸을 담그고 콧노래를 흥얼거리는 당신이 아름답다. 얼른 전철을 잡아타려고 뛰어가다가 미끄러져 엉덩방아를 쿵 찧고 마는 당신이 아름답다.

그렇다. 지금 당신의 모습 그대로 충분하다. 어른스러워질 필요가 전혀 없다. 어린아이처럼 티 없이 맑고 순수한 마음이 진짜 아름다움임을 잊지 말자.

'철부지 어린애' 는 칭찬의 말

당신을 보고 '철부지 어린애' 같다고 웃는 사람이 있다면 이제부터는 같이 웃어주자.

어른스러움을 가장하는 사람은 다른 사람에게 잘 보이기 위해서 교양과 매너를 가장한다. 그런 사람에게 철부지라는 소리를 들었다한들 신경 쓸 필요는 없다.

즐거우면 깡충거리고 노래가 절로 나오는 게 당연하다. 눈동자를 반짝이며 신나게 말하는 게 당연하다. 어릴 적 순수했던 당신의 마음을 잊어서는 안 된다.

내가 존경하는 사람은 언제나 아이와 같이 순수한 마음을 지닌 사람이다. 가장된 교양과 매너로 어른을 가장하는 사람이 아니다.

화가인 오카모토 다로 씨, 방송인 구로야나기 데츠야 씨가 인기를 얻고 있는 것은 그들의 아이 같이 순수한 마음이 아닐까.

우아하고 품격 넘치는 고이즈미파 여성의원들을 보면 마음이 끌리는가?

어른이 될 필요는 없다. 언제까지나 어린아이로 남아있자. 누가 뭐라던 상관없지 않은가. 인간의 마음은 이심전심으로 통하는 법이다.

다른 사람에게 폐를 끼치고 싶지 않아요

신세를 지는 게 나쁜 건가?

일하는 게 자립?

'자립한 여성' 어쩐지 느낌이 좋은 단어다.

당신은 자립한 여성인가요? 라는 질문에 한 치의 망설임도 없이 '네'라고 대답할 수 있는가? 나는 내가 자립한 여성인지 아닌지 스스로는 판단이 불가능하지만 자립한 사람이 되고 싶다는 소망을 가지고 있는 것만은 분명하다. 자립이라는 말 속에는 경제적 자립과 정신적 자립 이 두 가지 요소가 모두 포함되어 있다.

얼마 전 세미나에서 '당신은 자립한 여성인가요?' 라는 질문에 예스라고 대답한 사람에게 그 이유를 묻자 이렇게 대답했다.

✖ 내가 자립했다고 느끼는 이유

1. 돈을 번다.(누군가가 벌어다 준 돈으로 살지 않는다)

2. 내 돈으로 집을 샀다.

3. 내 일은 내가 한다.

이상이 스스로 자립했다고 느끼는 여성들의 판단 기준이었다.

물론 부모님 집에 얹혀살면서 아르바이트를 전전하는 사람과 비교하면 오피스텔에 사는 회사원은 스스로 생활비를 벌어 살림을 꾸려가기 때문에 자립했다고 할 수 있다.

그렇다면 일을 그만두고 전업주부가 된 여성들은? 그녀들은 자립하지 못한 사람들인 걸까?

남편이 벌어오는 돈으로 생활하고 그 돈을 쪼개어 집을 장만하고 남편의 월급 통장을 관리하는 주부들은 자립과는 거리가 먼 사람들인가?

일하는 미혼 여성은 자립한 여성이고 결혼해 살림만 하는 주부들은 남편에게 의존하는 여성이라고 함부로 단정 지을 수 있을까?

나는 자립은 그렇게 간단히 정의내릴 수 있는 성질의 것이 아니라고 생각한다.

당신이 일함으로 해서 얼마나 많은 사람들에게 폐를 끼치고 있는가

일하는 미혼여성들은 자신을 과신하는 경향이 있다. 자기 생활을 위해 돈을 벌고 살림을 꾸려가는 일은 특별한 일이 아니라 당연한 일이다. 그런데도 전업주부에 비해 특별하다고 착각한다.

나도 그런 때가 있었기에 그녀들의 마음을 모르는 바 아니지만 이는 자기 자신에게 지나치게 관대하기 때문이다. 스스로 자립했다고 생각한다면 좀 더 엄한 눈으로 자기 자신을 파악할 필요가 있다.

그런 여성들은 이런 말을 자주 입에 올린다.

"내 일은 내가 알아서 해야지 다른 사람에게 폐를 끼치는 건 질색이야."

다른 사람에게 폐를 끼치기를 병적으로 싫어하는 것이 자칭 자립한 여성들의 특징이다.

가능한 한 다른 사람의 도움을 받지 않고 살고자 하는 마음은 충분히 이해가 간다. 그러나 사회라는 집단 속에서 살아가는 한 다른 사람에게 신세를 지지 않고 살기란 불가능하다. 이 부분을 자각해야 한다.

분리수거를 철저히 하고 이웃사람들에게 전혀 폐를 끼치지 않는다고 그것이 전부일까?

남성들의 사회생활은 당연한 듯 아무런 의미 부여도 하지 않으면서 유독 일하는 여성들만 특별한 취급을 해주길 바라는 것이 어쩐지 이치에 맞지 않는다는 생각이 들지 않는가? 물론 여성의 사회 진출 역사가 얼마 되지 않기 때문에 그만큼 그녀들이 겪는 고충도 만만치 않으리라는 것은 안다.

일하는 여성들이여. 당신이 일함으로 해서 얼마나 많은 사람들에게 폐를 끼치고 있는지 다른 각도에서 생각해본 적 있는가?

당신이 사용한 화장실을 청소하기 위해 일하는 사람이 있다. 당신의 출퇴근을 돕기 위해 전철을 운전해주는 사람이 있다. 당신의 위를 채워주기 위해 음식을 만들어주는 사람이 있다.

당신 혼자 힘으로 살아가고 있다고 생각한다면 그것은 큰 착각이다. 당신은 수많은 사람의 도움을 받으며 살아가고 있다.

자기가 번 돈으로 자기를 위해 돈을 쓰는 것은 평범한 일이지 잘 난 척 할 일이 아니다. 만약 어려운 사람들에게 기부를 하였거나 복지재단이나 장학재단에 그 돈을 사용했다면 그것은 당연히 칭 찬 받을 일이다.

우리 모두는 늘 누군가에게 신세를 지면서 살아간다

나도 40대까지 오만한 여자였다. 남편에게 의존하며 걱정 없이 편안하게 사는 전업주부들을 보면 솔직히 한심하다는 생각이 들 곤 했다. 그러나 자립한 주부도 많다는 사실을 알았을 때 나의 이 런 편협한 고정관념도 사라졌다.

결혼해서 시부모님을 모시면서도 가족을 위해 열심히 식사 준 비를 하고 아무리 힘들어도 웃음을 잃지 않는 주부는 자립한 사람 이다.

그렇다. 자신의 행동에 책임을 지며 살아가는 사람은 자립한 사 람인 것이다.

일하는 여성들도 여러 가지 타입이 있듯이 주부들 타입도 여러 가지다. 모든 사람을 같은 관점으로 판단해서는 안 된다.

우리는 모두 누군가에게 신세를 지면서 살아간다. 이것은 분명한 사실이다. 누군가의 도움을 받았다면 또 누군가에게 도움을 주면 된다. 그렇게 예민해질 필요는 없다. 다른 사람에게 신세지는 것에 대해서 알러지 반응을 일으키는 사람은 자신의 약한 모습을 다른 사람에게 보이기가 끔찍이 싫은 것은 아닐까.

이 사회는 서로 도움을 주고받는 관계 속에서 유지된다. 도움을 받기 싫다는 사람은 도움을 주기도 싫다고 밖에 생각되지 않는다.

어깨에 힘을 빼고 좋은 게 좋은 거다 가볍게 생각하자.

여자는 예뻐야 득이다?

웃는 얼굴은 다 예뻐 보인다

'사람은 얼굴이 아니라 마음'이라는 말을 종종 듣는다. 모르긴 몰라도 이 말에 반론의 여지는 없으리라. 외모에 자신이 없는 사람일수록 이 말에 크게 고개를 끄덕이리라.

나는 30대까지만 해도 거울에 비친 내 얼굴을 보는 일이 끔찍하게 싫었다. 쌍꺼풀도 없는 눈에 평범하기 그지없는 얼굴. 팔자 눈썹에 눈에 띄게 늘어나는 주름살.

성형수술을 할 마음까지는 없었지만 눈을 크게 보이게 하려고

테이프를 붙여 쌍꺼풀을 만들곤 했다.

친구 중에 연예인 뺨칠 만큼 예쁜 친구가 있었다. 그 친구는 속눈썹마저 예술이었다. 보고 있으면 부럽다는 생각이 절로 들었다. 그런데 이와는 반대로 외모도 별로인데다 뻐드렁니까지 난 사람도 있으니 신도 참으로 불공평하시다.

거울을 보면서 얼마나 많은 한숨을 쉬었던가.

'아아, 좀 더 미인으로 태어났으면 지금쯤 내 인생도 요 모양 요 꼴이 아닐 텐데……'

그 후 10년 쯤 지난 어느 날 수려한 미모를 자랑하던 그녀를 우연히 길에서 만났다. 물론 그녀의 미모는 여전했지만 옛날에 느꼈던 그 청순한 아름다움은 없었다.

헤어진 뒤 무엇이 원인일까 곰곰이 생각해보다가 나는 결론을 내렸다.

그녀의 표정에 문제가 있었던 것이다. 누구나 늙는다. 주름살 진 얼굴에 빛을 발하게 하는 것은 풍부하고 밝은 표정이다.

20대 초반까지는 이를 잘 실감하지 못하지만 어느 정도 인격이 완성되는 30대가 되면 수려한 이목구비가 아니라 표정이 외모를 좌우한다.

이목구비가 출중해도 무표정하면 아름답다는 인상을 받지 못한다. 포인트는 이목구비가 아니라 생기 넘치는 미소와 표정이다.

돈만 있으면 간단히 고칠 수 있다고?

그러나 내가 아무리 이렇게 외쳐도 '그래도 여자는 얼굴이 무기다' 라고 반론하는 사람도 있으리라. 적극적으로 성형외과를 찾는 사람도 있다. 불과 몇 년 전만 해도 성형수술하면 연예인들의 전유물 정도로만 인식되었지만 지금은 시대가 변했다. 성형 전과 성형 후를 비교하며 성형을 부추기는 방송 프로그램도 심심치 않게 볼 수 있다. 저렇게 예뻐진다면 100만 엔도 아깝지 않을 것 같다.

성형도 마약처럼 중독성이 강하다. 한 번 맛들이면 웬만해서는 끊기가 힘들다. 마약을 하면 쉽게 자극을 받는 것처럼 성형수술을 하면 쉽게 예뻐진다. 노력하지 않고도 쾌감을 얻을 수 있다는 점에서 이 둘은 매우 닮아있다. 비싸다는 것도 공통점이라면 공통점이다.

나이를 먹으면 늙는 게 당연하다. 아무리 콜라겐이니 보톡스를 달고 살아도 주름살만 조금 가려줄 뿐 죽어가는 세포를 재생시킬 수는 없다.

그래도 주름살이 끔찍하다는 사람은 어쩔 수 없지만.

두꺼운 화장으로 주름을 감추는 아줌마보다
주름에 개의치 않고 활짝 웃는 아줌마가 예쁘다

나는 지금 50대 후반이다. 처지는 피부, 늘어나는 주름살을 보면 한숨이 절로 난다. 이렇게 가다간 도대체 내년엔 어떻게 될 지 무섭기까지 하다. 주름살의 번식력은 감히 가공할 만하다.

그러나 예순이 지나고 일흔이 지났는데도 탱탱한 피부를 자랑하는 사람은 아무도 없다. 그래서 나는 이것이 자연적인 현상이거니 하고 받아들일 마음의 준비가 되어 있다.

나이를 먹는다는 건 잔혹한 일이다. 3만 엔짜리 크림을 발라도 피부는 거기서 거기다. 아는 분 중에 30년 가까이 열심히 피부미용실에 다니는 분이 계신데, 는 것은 주름이요, 준 것은 통장의 잔고라고 한탄하던 기억이 난다. 그걸 알면서도 피부미용실 다니기를 그만두지 못하니 나 또한 참으로 의지박약한 인간임에 틀림없다.

젊음과 아름다움을 유지하고 싶은 것은 온 인류의 소망이다. 그러나 젊음은 잠깐이다. 우리는 모두 늙는다. 그러므로 어떤 모습으로 늙고 싶은지 늘 생각하며 살아야 하지 않을까.

미모를 가꾸기는 쉽지만 마음을 가꾸기란 쉽지 않다. 얼굴 표정으로 마음을 가꾸어야 한다. 신기하게도 얼굴 표정이 바뀌면 마음도 바뀐다.

무엇이든 의식하는 것이 중요하다. 얼굴 표정을 의식하며 사는 여성은 쌍꺼풀 수술을 하고 눈 화장을 짙게 한 여성보다 훨씬 아름다운 눈매가 된다.

미소야말로 아름다움의 최대 요소다. 얼굴에는 주름이 가득하지만 싱글벙글 웃고 있는 아줌마. 정말 아름답지 않은가.

여러 군데 뜯어고친 얼굴에 짙은 화장을 한 아줌마보다 훨씬 아름답다.

좋은 말은 당신을 지탱해준다
이사도라 던ㄴ컨이 남긴 말
내 인생의 스승이 들려준 말

Chapter **6**

늠름한 여성은
약한 모습을
보이지 않는다

좋은 말은 당신을 지탱해준다

센스 있는 사람보다 좋은 말을 걸어주는 사람

나는 늘 수첩을 가지고 다니면서 마음에 와 닿는 말이 있으면 적어둔다. 그도 그럴 것이 그 말을 듣는 순간에는 '이렇게 멋진 말이 있다니. 평생 안 잊어버리겠어' 하지만 슬프게도 하룻밤만 지나면 까맣게 잊어버리기 때문이다.

'어제 들은 그 말이 뭐였더라' 이래서야 멋진 말과 조우한 보람이 없다.

인간의 기억상실증은 심각하다. 그렇다고 나쁜 것만은 아니다.

슬프거나 괴로운 일이 있어도 이렇게 살아갈 수 있는 이유도 거기에 있으니까.

처참한 기억이나 상처가 되었던 말은 하나도 잊어버리지 않으면서 좋은 말은 금방 잊어버린다. 이 것 또한 불가사의라면 불가사의다.

말의 파워는 대단하다. 힘들 때 친구가 건네준 따뜻한 말 한마디. 마음이 가라앉고 우울할 때 책에서 발견한 한 마디에 용기를 얻은 경험은 누구라도 있으리라. 쉿, 여기서 한 마디 하자면 센스 있는 사람보다 좋은 말을 건네주는 사람을 친구 삼아야 당신 인생이 훨씬 윤택해진다는 사실.

┏누구의 말이라도 들을 가치는 있다

요즘 젊은이들은 기계에 의존하는 경향이 강해 기성세대와는 당연히 세대차이가 있겠지만 우리 시대 학생들은 책에서 좋은 말이나 문구를 발견하면 빨간 펜으로 선을 긋고는 했다. 나는 그 습관을 아직도 버리지 못해 지금도 좋아하는 책에는 빨간 펜투성이다. 한술 더 떠서 따로 노트를 만들어 적어놓는데 어느새 그 노트가 10권이 넘어가니 가히 '명언 마니아'가 따로 없다.

물론 책에서 좋은 문구를 발견하는 경우도 많지만 다른 사람과 대화하면서 멋지고 훌륭한 말을 듣게 되는 경우가 더 많다. 누구나 한두 마디쯤 좋은 말을 알고 있다. 그것이 다 나에게 피가 되고 살이 된다.

예를 들어 동창회 모임.

"지난번에 엄청 감동 받았다니까."

"왜, 왜? 무슨 일 있었어?"

"누군가 '꽃은 지지만 마음은 지지 않는다'라는 말을 들려주더라고. 정말 멋진 말 아니니? 겉모습이 시드는 것은 어쩔 수가 없지만 마음은 아무리 나이를 먹어도 시들지 않잖아. 마음만 먹으면 말이야."

"맞아, 맞아."

보통은 여기서 끝이지만 여기서 운명이 나뉜다. 좋은 말을 메모해두면 나중에 쓸모가 있다.

나는 이럴 때 서둘러 냅킨에 메모를 한다. 볼펜이 없으면 식당 점원에게 부탁해 볼펜을 빌리기도 한다. 그냥 흘려듣기에는 너무 아까운 말이기 때문이다. 가슴에 새기고 싶은 말은 자주 꺼내 보고 읽으면서 내 것으로 만들고 싶다.

'가슴에 남는 말'은 사라지지 않는다

냅킨에 적어 온 메모를 노트에 옮겨 적을 때는 마치 보석함에 새로운 보석을 담을 때처럼 두근두근 거리기까지 한다.

말은 보석이다. 친구는 떠나지만 '좋은 말'은 떠나지 않는다. 언제든지 나를 위로해주고 지지해준다.

시인이자 화가인 아이다 미츠오 씨의 명언 모음집이 날개 돋친 듯 팔리는 것도 이해가 간다. 말에서 힘이 느껴지기 때문이다. 당연함 속에 묻혀 우리는 중요한 것을 잊고 살 때가 많다. 그러나 달력에 써있는 한마디조차 가슴에 쿵 내리칠 때가 있다.

다른 사람이 모아놓은 명언도 좋지만 스스로 한 번 모아보는 것은 어떨까. 그렇다. 자신을 위로해주고 지지해주는 말들을 지금부터 하나씩 모아보자.

예전에 비하면 내 주변의 친구들 숫자가 훨씬 줄어들었다. 그러나 '좋은 말'들이 '좋은 벗'이 되어주기 때문에 나는 외롭지 않다. 외롭기는커녕 혼자서 '아아, 너무 가슴에 남는 말이야. 나도 그렇게 살겠어' 하는 도취와 감동 속에서 가슴 벅찬 나날을 보내고 있다.

좋은 말은 당신에게 부적과 같은 존재다. 오늘부터 '명언 노트'를 만들어보길 권하고 싶다. 주변의 소음과 답답함이 훨씬 줄어듦을 느낄 것이다.

삶이 쓰디쓰기만 해요

이사도라 던컨이 남긴 말

빨간 선투성이 자서전

나 마츠바라 준코 하면 이사도라 던컨이라 불릴 만큼 한 때 그녀
의 매력에 푹 빠져 지낸 적이 있다. 무슨 말이라도 꺼낼라치면 "설
마 또 이사도라 얘기?" 하며 혀를 내두를 정도였다. 좋아하는 남자
얘기를 이렇게 열심히 한 적이 없으니 이상하게 보는 게 어찌 보면
당연하다. 이사도라는 나의 이상이며 목표였다. 내 인생에서 '너
무나 멋져. 이사도라 던컨이야말로 내 인생의 지침이며 본보기야'
라고 느낀 것은 그녀가 처음이자 마지막이었다.

지금까지 수많은 작가들과 철학자들의 책을 섭렵했지만(섭렵한 정도는 아니지만) 그녀의 자서전만큼 내 마음에 와 닿은 책은 없었다.

첫 페이지부터 빨간 선투성이가 되어버리고 말았다.

마치 내가 내 이야기를 하고 있는 것처럼 그녀의 마음이 그대로 전해져왔다. 그 느낌은 너무나 강렬해서 머리가 어떻게 되어버릴 지경이었다.

"이렇게 마음이 요동치다니. 혹시 내가 전생에 이사도라였나?"

전생을 본다는 유명한 점쟁이에게 물어본 적도 있다. 그 양반 말에 의하면 이사도라는 아니고 그 옆에 있던 사람이라나? 믿거나 말거나. 하여튼 전생이 어쨌든 간에 그녀가 남긴 말들을 적어놓은 노트가 세 권이나 된다. 출판사에 이사도라가 남긴 말들을 모아 책을 내보자는 제안을 한 적도 있지만 나만큼 강렬함을 느끼는 사람이 그리 없는지 기각되고 말았다. 남성 편집자는 정말로 보는 눈이 없다니까.

'이제 끝이야' 절망 끝에 서 있는 당신에게

나는 가끔 노트를 넘기면서 한 문장 한 문장을 곱씹곤 하는데 그때마다 가벼운 감탄이 내 입에서 흘러나온다. 어떤 장르에서든 천재라 불리는 사람은 철학자다. 생각하는 수준이 우리네 보통 사람들과는 차원이 다르다.

이사도라는 현대무용의 어머니로 불릴 만큼 모든 것을 춤으로 표현하는 재주를 타고났다. 그녀의 춤처럼 그녀의 인생 또한 자유롭고 거침없었다. 그녀는 기존 가치관에 구애받지 않고 철저하게 자기만의 인생을 살았다.

저 유명한 조각가 로댕이 '가장 존경하는 여성'이라고 칭할 만큼 그녀의 영혼은 맑고 투명했다.

더 이상 설명이 필요 없다. 여기서 그녀가 남긴 말들을 몇 문장 소개해보자. 세 권의 노트에서 발췌하기가 그리 쉬운 작업은 아니었지만…….

자신의 정체성을 찾아 헤매고 있는 당신에게 어울리는 말을 골라보자.

인생이라는 길에는 굴곡도 있지만 직선도 존재한다. 다만 모퉁이가 너무 많아 보이지 않을 뿐이다. 이걸로 끝이라고 생각하지만 미래는 저 멀리 한참 떨어진 곳에서 벌써 우리를 기다리고 있다.

—이사도라 던컨

당신은 이 말에서 무엇을 느꼈는가? 나의 해석은 이렇다.

인생을 살면서 수많은 일들이 우리를 기다리고 있다. 대개는 힘들고 싫은 일들뿐이다. 이 문제만 해결되면 끝이야 하는 순간 또 다른 문제가 우리를 기다리고 있는 것이다.

힘든 일이 반복될수록 나에게는 밝은 미래 따위 없는 것인가 하고 절망하게 된다. 내가 바로 그랬다. 행복은 내 것이 아니라고.

그러나 이사도라는 이렇게 말한다. 당신은 이걸로 끝이라고 생각할지 모르지만 조금만 더 가면 당신의 찬란한 미래가 기다리고 있다고. 그렇기에 지금 힘들다고 절망해서는 안 된다고. 반드시 밝은 미래가 당신을 맞이할 테니 포기하지 말고 조금만 더 힘을 내세요 라고.

모퉁이가 나오면 또 돌아가 주겠어

이사도라는 누구보다도 고통스럽고 힘든 삶을 살았다. 우리가 차마 힘들다고 그녀 앞에서 투정부릴 수 없을 정도로.

가난한 부모 밑에서 태어나 세상의 온갖 중상모략과 오해를 받았을 뿐 아니라 사고로 두 명의 아이를 동시에 잃는 슬픔도 겪었다. 그녀가 당한 고통에 비하면 당신이 회사 인간관계로 고민하는 것쯤은 고민 축에도 끼지 않을지 모른다.

아무리 힘들어도 희망을 버리지 않으면 인생은 열린다. 그렇다. 인생은 당신 마음가짐에 따라 얼마든지 빛을 발할 수 있다.

'왜 나만, 왜 나만 이렇게 고통을 겪어야 하냐고!' 하며 한탄만 해서는 아무것도 달라지지 않는다. 모퉁이가 나오면 또 돌아가면 된다. 멈춰 서서 한숨만 쉬다가는 큰 길로 나가지 못한다.

불교의 진리

아무리 큰 감동도 자고나면 백지장

나는 불교에 대해 잘 모르지만 불교가 전하는 교리 중에는 훌륭한 말씀이 많이 담겨 있다고 생각한다. 역시 오랜 역사를 거쳐 수많은 사람들에게 회자되는 말 속에는 진리가 숨어있는 법이다.

한 때 반야심경을 공부하겠다는 야심찬 목표를 세우고 방 한 가득 책을 쌓아놓고 빨간 선을 열심히 그어가며 독서 삼매경에 빠진 적이 있다.

반야심경은 정말 훌륭한 경전이다. 짧은 내용 속에 삶의 진리가 전부 담겨있는 듯하다. 반야심경에 담긴 말들을 음미할 때마다 우리가 얼마나 당연한 진실을 외면하며 살고 있나 새삼 깨닫게 된다. 그러나 그런 감동도 몇 시간. 자고 나면 잊어버리는 인간의 왜소함에 또 우울해지고 만다.

아무리 좋은 말이라도 내 것이 되지 않으면 그저 종이 위에 쓰인 글자에 지나지 않는다.

'어떤 것에도 흔들리지 않는 마음' 이라는 말을 가슴에 새겨보지만 다음날이 되면 '저 사람 왜 내 맘을 몰라주는 거야' 하며 분개한다. 진짜로 어제 마음을 다잡아보긴 본 건가? 정말 이건 아닌데. 내가 싫어지는 순간이다.

수행이란 언행일치를 실천하는 일

무슨 일이든 그렇지만 머리로 이해하기는 쉬워도 실천하기는 어렵다. 행동으로 옮기는 일이야말로 진정한 수행이 아닐까.

한 마디로 수행이란 언행일치를 실천하는 일이다.

'언행일치' 는 참으로 어려운 일이 아닐 수 없다.

스님들을 깎아내리려는 심산은 없지만 왜, 무엇을 위해서 수행을 한답시고 고야산까지 가야하는지 나로서는 이해가 가지 않는다. 삶은 가르치는 사람이 말과 행동이 달라서야 우리네 범인과 무엇이 다른가.

불교를 가르치는 분들도 인간이니 인간의 인격은 저마다 다르다고 치고 불교의 교리 그 자체는 참으로 훌륭하다고 생각한다. 한번 진지하게 공부해보면 인격수양에 큰 도움이 될 것이다.

타인에게 성실하면 자신에게는 불성실해진다

밑에 쓴 말은 절에 좌선하러 갔을 때 어느 스님이 들려준 말이다.

자기 자신에게 성실하면 되지

다른 사람에게 성실할 필요는 없다

'으음' 하고 절로 고개가 끄덕여지지 않는가? 아니면 '이게 무슨 뜻이지?' 하고 고개를 갸우뚱거리는가?

나는 이 말을 듣고 무릎을 쳤다.

다른 사람에게 성실할 필요가 없다니 무슨 말이냐고 언성을 높이는 사람이 있을지도 모르겠지만 그건 아니라고 생각한다.

다른 사람에게 성실하다는 것은 다른 사람에게 맞추며 산다는 의미다. 반면 자신에게 성실하다는 것은 자기 자신에게 한 점 거짓 없이 살아간다는 의미다. 다른 사람에게 비난을 받더라도 자신의 마음이 지시하는 대로 행동하는 것, 그것을 자신에게 성실하다고 표현한 것은 아닐까?

우리는 다른 사람의 눈을 지나치게 의식하는 경향이 있다. 그래서 자신의 생각과 달라도 울며 겨자 먹기 식으로 맞추며 살 때가 많다. 이것이 바로 자신의 마음은 접어둔 채 다른 사람에게만 성실하다는 말이다.

깊은 뜻을 담은 말이기에 나의 해석만으로는 부족하다는 것을 안다. 여러 사람들과 이에 대해 많은 대화를 나누어보길 바란다.

훌륭함의 기준은 업적이 아니다

정직하게 살자

말은 쉽지만 실천하기란 어려운 법

앞의 말과 의미가 상통하는 말이다.

말 그대로다. 정직하게 살겠다, 자신을 속이지 않겠다고 말하기는 쉽지만 그렇게 살기란 정말 어렵다.

그야말로 언행불일치의 표본이 아닐 수 없다.

후세에까지 길이길이 존경받는 사람들은 대개 말과 행동이 일치했던 사람들이다. 훌륭함의 기준은 그 사람이 어떤 업적을 이루었는지가 아니라 얼마나 신념 있게 살아왔느냐가 아닐까.

우리 모두 타인에게 맞추는 삶이 아니라 자기 자신에게 거짓 없는 정직한 삶을 위해 노력하자.

기독교의 진리

교회를 다니면서 좋은 것만 내 것으로

설교를 재미있게 하는 목사님이 계시다. 말을 재미있게 하는 사람들은 머리가 좋은 사람들이다. 그들은 하고자 하는 말을 완전히 자기 것으로 소화시켜 말하기 때문에 재미있게 말할 수 있다.

우리의 경험을 돌아보면 신부님이나 목사님, 대학교수처럼 권위 있는 사람들의 말은 거의 대개 재미와는 거리가 멀다. 온전한 자기 말이 아니기 때문이다. 모두가 알아듣기 쉽게 간결하고 쉬운 말을 쓰는 것이야말로 지성이며 배려다. 그런데 이른바 권위자들

중에는 그것을 아는 사람이 별로 없는 듯하다.

그래서 설교를 잘하는 목사님이나 신부님이 드물다.

이런 면에서 내가 일 년에 몇 번 가는 교회 목사님은 참으로 멋진 포교 활동을 하고 있다고 생각한다. 그 분 설교 시간에 끊임없이 신도들을 웃게 한다. 쉬운 것 같지만 참으로 어려운 일이다.

종교라면 질색하는 내가 가끔씩 그 목사님의 말씀을 들으러 교회를 찾을 정도니 가히 그의 유머감각을 짐작하고도 남으리라.

예배 설교시간. 목사님이 성경 한 구절을 해석하면서 교리를 전파한다. 이보다 더 지루할 순 없다 할 정도로 지루한 시간이다. 야곱이 어쩌고저쩌고……. 내가 일본인이라 그런지 야곱이라는 이름이 탁하고 와 닿지는 않는다.

그러나 불교와 마찬가지로 기독교 교리 속에도 훌륭한 진리가 많이 담겨 있다. 여러분들도 나처럼 가끔 교회에 나가서 그 교리를 들어보길 권한다.

다른 사람의 것이 좋아 보일 때는 요주의!

목사님이 들려주신 말씀 중에 하도 재미있는 이야기가 많아서 어떤 것을 소개해야 좋을지 고민하다가 탁 넘겨 나온 페이지에 있는 내용을 소개할까 한다.

> 거지는 억만장자를 질투하지 않는다
> 자기보다 구걸을 더 잘하는 거지를 질투하는 법이다

거지라는 단어 자체가 차별용어라고 하는데 목사님이 쓰신 단어이기에 그대로 써보았다.

우리는 자신과 전혀 관계가 없거나 수준이 다른 사람은 질투하지 않으면서 자기와 비슷한 수준의 사람과 자신을 비교하면서 질투하고 시기한다. 질투는 다른 사람의 것이 좋아 보일 때 생겨나는 감정이다. 좋아 보이지 않으면 질투도 하지 않는다.

아이코 공주를 질투하는 사람이 있는가? 자기가 속한 세계와 너무나 다르기 때문에 아예 꿈도 꾸지 않는다. 그러나 회사 동료가 당신이 흠모하던 여성과 결혼한다는 소식을 들었다면? 당신은 제

정신이 아닐 것이다.

비교하는 마음이 당신을 불행의 나락으로 빠뜨리는 법. 당신만이 가진 장점과 재능이 훨씬 크고 돋보인다. 그러니 다른 사람과 일일이 비교하면서 울고 웃고 하지 말자.

다른 사람의 것이 좋아 보일 때 요주의해야 한다.

그럴 때는 당신 마음이 피폐해져 있을 때이므로 '안 돼, 안 돼' 하고 마음을 다잡으면서 와인이라도 한 잔 쭉 들이켜고 잠자리에 들기를.

결혼한 사람을 보고 '좋겠네요. 결혼도 하고 아이도 있고……나는 언제 결혼하고 아이 낳고 할까요?' 이런 한심한 말은 이제 그만 내뱉자.

당신은 당신이다. 자기 자신을 좀 더 소중하게 생각하자.

내 인생의 스승이 들려준 말

달라붙어서 열심히 받아먹자

나는 지금까지 내 인생의 스승에게서 수많은 말을 들었다. 그것은 내 인생의 보석이다. 노트를 펼치면 '맞아 맞아' 하며 고개가 절로 끄덕여지는 말들에 얼마나 큰 감동과 위로를 받았는가.

내가 이렇게 책을 쓸 수 있는 것도 다 그 분 덕이다.

그러나 아마 본인은 내가 이렇게 존경해마지 않는다는 사실조차 모를 것이다. 함께 차를 마시며 이야기를 나누는 게 전부이기 때문이다.

처음에는 그저 멋지고 훌륭한 말이라고밖에 생각되지 않던 것들이 마흔이 넘어서야 그 말이 가진 참 뜻을 절절히 이해하게 되었다. 이제부터의 과제는 그 말들을 내 것으로 만들어 나다운 삶을 사는 것이리라.

내가 종교에 빠지지 않는 것도 그분의 영향이 컸다. 삶을 배울 수 있는 곳은 그리 많지 않다. 그러므로 좋은 말로 감동을 주는 사람을 만나면 찰싹 달라붙어야 한다. 달라붙어서 열심히 받아먹어야 한다.

우리 조상들도 모두 그렇게 인생을 배웠다. 나도 그렇게 인생을 배웠기에 후회는 없다.

이제 그 분은 내 곁에 없다. 그러나 그 분이 들려준 보석 같은 말들은 아직도 내 가슴 속에 남아서 나를 위로해주고 지탱해준다.

자립이 뭐지?

노트에서 한 구절을 뽑아 소개할까 한다.

자립은 주황색에 섞여도 빨간색이 되지 않는다

절로 고개가 끄덕여지는 말이 아닌가?

옛말에 '주황색에 섞으면 빨간색이 된다' 는 말을 인용한 말이다. 나는 이 말을 얼른 냅킨에 메모했다.

차를 마시며 자립에 대해 이야기를 나누다가 선생님이 넌지시 던진 말이었다.

앞장에서도 말했지만 자립하면 우선 경제적 자립을 떠올리게 마련이다.

그러나 내 인생의 스승은 이렇게 말했다.

"준코, 자립은 주황색에 섞여도 빨간색이 되지 않는 거야. 그걸 목표로 열심히 노력해야 해."

타인에게 영합하거나 타협하지 말 것.

어른스럽지 못한 행동이라고 눈을 흘길 게 아니라 그것이 자립을 지향하는 행동임을 알아야 한다.

'다들 하니까 어쩔 수 없잖아' 하는 자세는 자립한 여성의 자세가 아니다. 다른 사람이 어떻게 생각하든 자신의 신념과 생각을 일관되게 펼치는 것, 그것이 자립이다.

그러므로 자립은 강한 의지를 필요로 한다.

다른 사람이 사는 대로 맞추어 살면 편하다. 쉽다.

그러나 당신은 그것으로 만족하는가? 스스로를 속이고 있지는 않은가? 마음 속 울림에 귀 기울여보자.

다른 사람의 눈에 고집불통에 제멋대로로 보일지라도 자신의 신념을 버리지 않는, 그런 사람이 되고 싶다. 내 인생은 내 것이다. 다른 사람 눈치 볼 필요는 없지 않은가.

마지막으로 다음의 글귀를 보면서 행복에 대해 다시 한 번 생각해보자.

행복해지고 싶으면

소박한 인간이 되어라

쓸데없는 군살을 빼라

삶의 방식은 모두 다르다
배려심 넘치는 여성은 누구에게나 사랑받는다
고민하는 횟수만큼 행복해진다

Chapter **7**

사랑받는 여성은
행복의 법칙을
실천하는 여성

삶의 방식은 모두 다르다

그런 사고방식을 고쳐라!

가끔 젊은 여성이 "내 삶의 방식이 잘못 되었나 봐요."라고 한숨을 토해내곤 한다.

일도 남자도 별로 볼 게 없다는 생각이 들면 절로 그런 한탄이 나온다고 이해는 한다. 그러나 솔직히 대답해줄 말이 없다. 굳이 대답을 해야 한다면 그런 사고방식 자체가 잘못되었다고 말해주고 싶다. 당신의 삶의 방식이 잘못된 것이 아니라 삶의 방식에 옳고 그름이 있다고 생각하는 그 사고방식에 문제가 있는 것은 아닐까.

나도 젊었을 때 매일 매일 똑같이 반복되는 일상, 별로 밝아 보이지 않는 미래가 답답해서 내 삶의 방식이 잘못된 것은 아닐까 고민했던 적이 있다.

나는 인생에 대해 아무 것도 모른다고 자학하곤 했다. 무슨 일을 하고 싶은지, 어떤 사람이 되고 싶은지 조차 몰랐다. 부자가 되고 싶긴 한데 돈이 행복의 전부는 아닌 것 같은 생각도 들었다. 실제로 상당한 재력가와 사귄 적도 있는데 적극적으로 연애에 매달리지도 않았다. 도통 앞뒤가 맞지 않는 한심한 인간이었다.

어떻게 살아야 하는가. 우리는 그 해답을 찾아 사방팔방을 헤매고 있지만 어떻게 살아야 한다는 모범 답안 따위는 없다.

삶의 방식을 옳고 그름의 잣대로 잴 수는 없다. 스스로 납득할 수 있는 삶의 방식을 선택하면 된다. 스스로 '납득' 을 하느냐 못하느냐 그것이 문제다.

'이것으로 충분하다' 고 생각하자

그러나 감히 이런 제안을 해본다. 스스로 납득하지 못했다 하더라도 '이것으로 됐다'고 생각하자고.

자기 삶의 방식에 의문을 가지면 현재 처한 현실에 절망한 나머지 미래도 이럴 것이라고 자포자기하고 만다. 사소하고 유치한 것밖에 생각하지 못하는 자신을 자책하게 된다.

'나 정말 이대로 괜찮은 걸까? 안 돼. 어떻게든 해야 해' 하고 초조해할 것이 아니라 '이것으로 된 거야' 하고 마음을 편히 가지자. 밑져야 본전이니 큰 소리로 외쳐보자.

'이대로 괜찮은 걸까'라는 의문을 안고 있기보다 '이것으로 됐다'고 보잘 것 없는 나 자신을 인정하고 마음을 편히 먹는 쪽이 해답을 쉽게 찾는다. 같은 곳에서 제자리걸음을 아무리 해봤자 앞으로 나아가지 못한다. 어떻게든 발걸음을 떼어야 한다.

'그래! 보잘 것 없는 이 모습 이대로가 바로 나고 나는 나로 살아가는 거야!' '이것으로 충분해!'

지금까지 번민에 휩싸여 있는 몸과 마음이 거짓말처럼 가벼워진다.

정말로 답답한 나지만 '이것으로 충분해'

'어떻게 살아야 할까' 하는 문제로 10년을 고민해봐야 대답은 찾지 못한다. 그럴 바에야 10년 동안 그냥 보잘것없는 나를 인정하면서 살아가는 것이 낫다.

그러면 신기하게도 어느 새 해답이 보인다. 찾겠다고 혈안이 되면 오히려 더 안 보이는 법이다. 그냥 잊어버리고 다른 일을 하다 보면 자연스럽게 찾아지는 경우도 많다.

물론 생각도 중요하다. 그러나 멈추어 서서 생각만 해서는 아까운 시간만 흘러갈 뿐 아무런 소득도 없다. 생각을 하더라도 걸으면서 해야 한다.

나도 그랬다. 보잘 것 없는 나 자신을 인정하고 한결 가벼운 마음으로 삶에 대해 다시 생각하게 된 순간 생각지도 못했던 기회가 다가왔다.

신은 존재한다. 어디에 존재하냐고? 신은 우리 가슴 속 깊은 곳에 늘 상주하면서 우리가 알아채 주기만을 바라고 있다.

나는 줄곧 신은 구름 속에 숨어 있으면서 어느 날 갑자기 굉장한 선물을 들고 나타나는 분이라고 믿고 있었다. 그러나 지금은 생각이 바뀌었다. 신이 우리를 찾아오시는 게 아니라 우리가 신을 찾아 가는 것이라는 사실을.

　그러므로 마음만 먹으면 언제든지 찾아 나서면 된다.

　정말로 구제불능 통제 불능의 한심한 나지만 '이것으로 충분해' 하고 큰 소리로 외치는 순간 조금씩 희망이 당신을 향해 걸어오리 라.

배려심 넘치는 여성은
누구에게나 사랑받는다

다른 사람에게 별로 호감을 얻지 못한다고?

가슴에 손을 얹고 냉정히 생각해보자

다른 사람이 나를 좋아해주기를 바라는 마음은 누구나 똑같다.

만약 다른 사람이 날 좋아하든 말든 상관없다고 말하는 사람이

있다면 필시 인간관계로 고통을 받은 적이 있는 사람임에 틀림없

다.

그러나 그런 사람도 호의를 받으면 자기도 모르게 얼굴에 웃음

꽃이 핀다. 인간은 사랑 없이 살 수 없는 동물이다. 그렇지 않다고

부인하는 사람은 단지 실망을 두려워하고 있을 뿐이다.

직업상 사람들에게 둘러싸여 지내는 시간이 많은 탓인지 나를 꽤 인기가 많은 사람이라고 생각하고 부러워하는 사람들이 많다. 그러나 나를 좋아해주는 사람도 있지만 싫어하는 사람도 있다. 남의 것은 크고 좋아 보이는 법이다.

그러나 젊은 시절 나는 남들의 호감을 살 만한 타입이 아니었다. 친한 친구나 동료는 있었지만 무리에게 왕따를 당하지 않기 위해 늘 다른 사람들의 눈치를 봤다. '나는 혼자가 편해' 하고 말할 정도로 의지가 강한 인간이 아니었기에 나름대로 고민도 많았다.

왜 그렇게 호감을 사지 못했을까? 지금에야 원인을 알지만 당시나는 그 원인을 전혀 알지 못했다.

모든 이에게 사랑받는 여성은 예쁘거나 느낌이 좋은 여성이 아니라 배려심 넘치는 여성이다.

가슴에 손을 얹고 한번 생각해보자. 당신은 다른 사람을 배려하며 살고 있는가?

혹시 아저씨화 되어가고 있지는 않는가?

남에게 받을 줄만 알았지 주는 데는 인색하지 않았는가?

우체국 가는 길에 동료가 필요로 하던 엽서를 사다 준다거나 편의점 가는 길에 다른 사람 점심까지 같이 사다준다거나 혹은 커피를 타 준다거나.

"늘 신경 써줘서 고마워." 당신은 동료나 친구에게서 종종 이런 말을 듣는가? 내 일만 중요하지 다른 사람 일은 나 몰라라 하지는 않았는가?

회사에서 일만 열심히 하면 되지 하는 생각에 인간으로서 해야 할 일을 소홀히 하지는 않았는가?

요즘 아가씨들을 보면 어쩐지 아저씨화 되어가는 느낌을 지울수 없다. 업무 이외에 다른 것은 모두 부수적인 문제로 제쳐둔다. 그런 사람들에게는 윤기와 향기를 느낄 수 없다.

그러나 가끔 정말로 아름답고 멋진 여성을 만날 때도 있다. 그런 느낌을 갖게 하는 여성은 배려심이 넘치는 여성이다. 남을 배려하는 마음은 곧 존경심이다.

상대방의 입장에 서서 생각하기 때문에 행동으로 먼저 나타나는 것이다. 나이를 먹을수록 그런 여성은 금방 눈에 띈다.

'아아, 이 사람은 정말로 배려심 넘치는 사람이구나' 입으로 말하지는 않지만 그 마음은 상대방에게 그대로 전해진다.

내가 젊은 여성을 평가하는 기준은 그것뿐이다.

'남성에게 사랑받으면 그만?' 그런 방만함이 행복을 멀어지게 한다

사랑받고 싶다면 자연스럽게 상대방을 배려하는 습관을 몸에 익혀야 한다. 배려심이 넘치는 사람에게서는 빛이 난다. 배려는 상대방을 기분 좋게 만든다. 본인은 의식하지 못하겠지만 덕을 쌓는 일이기도 하다.

다른 사람을 기쁘게 하고자 하는 마음이 없는 여성은 연장자에게 절대로 사랑받지 못한다.

연장자에게 사랑받지 않으면 어때요? 남자들한테만 사랑받으면 됐지 하고 말하는 당신. 당신의 그 방만한 태도가 행복을 멀어지게 한다는 사실을 아는가?

아무리 남자들에게 사랑을 듬뿍 받더라도 연장자들에게 사랑받지 못하면 인생은 열리지 않는다.

연장자는 그저 당신보다 인생 경험이 풍부한 사람들이다. 그만큼 많은 사람들을 보아 왔기에 당신보다 사람 보는 눈이 훨씬 좋다. 연장자에게 사랑받는 여성이 되도록 노력하자.

인생의 스승은 어디서 만나나요?

삶의 방식을 가르쳐주는
스승은 어디에나 있다

몇 시간씩 콩을 삶고 비가 오면 문을 닫는다

얼마 전 평소에는 거의 가지 않던 곳에서 우연히 옛 친구를 만났다.

이것은 분명 신의 계시라는 생각에 의례적으로 '언제 시간 나면 보자'가 아니라 바로 다음날 다시 만나기로 했다.

행정구역 정비 관계 업무를 하는 그녀는 업무상 인적이 드문 동네에 가는 일이 잦다고 한다.

그녀의 말에 따르면 그런 동네에 가면 소박한 집에서 할머니가 혼자 지내는 경우가 많다고 한다. 몇 시간씩 콩을 삶고 자기가 먹을 채소밭을 가꾸는 고즈넉하고 소박한 생활. 도시에서는 보기 힘든 모습이다.

이런 모습을 비참하다고 생각하는 사람이 있을지도 모르겠다. 그러나 이런 분들의 얼굴이 도시의 할머니 할아버지보다 훨씬 아름답게 느껴진다.

"할머니를 보고 있으면 정말로 아름답다는 생각이 들어. 뭐랄까 할머니의 전신에게 삶의 향기가 뿜어져 나오는 느낌이랄까." 그녀의 들뜬 목소리에 나도 덩달아 가슴이 뛰었다.

비가 오면 문을 닫고 잦아들기를 기다린다. 비가 개면 밭에 나가 저녁 찬거리 야채를 뜯는다. 자만도 푸념도 없이 그저 웃으며 하루 해를 보낸다. 정말로 겸허한 삶이 아닌가?

왜 그렇게 안달복달하는가?

시골 마을에는 아직도 옛 일본인의 모습이 그대로 남아있다. 그런 할머니를 만나면 마음이 편안해질 뿐 아니라 내가 왜 이렇게 안달복달하며 살고 있지 하며 자신의 삶을 돌아보게 된다고 그녀는 말한다.

우리는 도시라는 특별한 곳에 갇혀 이것이 현실세계의 전부라고 착각할 때가 많다. 그러나 눈을 돌려보면 전혀 다른 삶을 살고 있는 사람들도 많다는 사실에 놀란다.

나는 그 친구의 이야기를 듣는 것만으로는 도저히 성이 차지 않아 내친 김에 그녀를 따라나서 보기로 했다.

삶을 가르쳐 주는 스승은 어디에나 있다는 그녀의 말이 가슴에 와 닿았다.

스님이나 목사님만이 삶의 방향을 제시해주는 것은 아니다. 내가 원하기만 하면 스승은 어디에나 존재한다.

아무 것도 없지만 빛이 난다

행복해지기 위해 일과 돈, 그리고 물질과 남성을 애타게 갈구하는 우리들.

시골집에서 10년 전이나 20년 전이나 똑같은 생활을 하고 있는 할머니.

아무 것도 없는 할머니의 얼굴이 우리보다 훨씬 빛나는 것은 왜
일까?

한 번 진지하게 생각할 필요가 있다고 생각하지 않는가?

어쩌면 자립한 여성은 이런 할머니들을 말하고 있는 것은 아닐
까.

고민하는 횟수만큼 행복해진다

‘왜, 왜’ 만을 외치는 당신

인생은 고민의 연속이다. 취직만 하면 모든 것이 해결될 줄 알았
는데 입사해서 한 달 두 달 지날수록 오히려 고민은 깊어져만 간
다. 왜 내가 이런 일을 해야 하지? 이 사람은 왜 이렇게 내 말귀를
못 알아듣는 거야! 왜 이렇게 융통성 없는 사람들뿐이지. 왜
왜……?

집에서도 마찬가지다. 엄마는 왜 내 일에 이렇게 간섭이 심하지?
왜 하고 싶은 걸 못하게 하는 거야. 왜 결혼하라고 성화냐고! 나 혼

자 살게 그냥 내버려두라고! 왜 왜……?

친구들 사이에서도 예외는 아니다. 왜 내가 하는 말을 못 알아듣지. 그렇게 중요한 얘기를 왜 이제야 하냐고! 내가 지금 눈치 보는 걸 왜 모르는 거야! 왜 같이 가자고 안하는 거지? 왜 왜……?

이걸로 끝이 아니다. 남들도 모자라 자기 자신에 대한 고민도 한 몫 거든다.

어떻게 살아야 하지. 어떻게 해야 행복해지는 걸까? 왜 지금 이렇게 우울하지? 왜 인생은 생각한 대로 움직여주지 않는 거야! 왜 왜, 왜……!

끊임없이 왜, 왜를 외쳐대는 당신. 그러나 그것이 인생이다.

우리는 왜와 왜 사이를 뚫어가며 살아가고 있는 것이다.

고민한다는 것은 그만큼 훌륭한 뇌를 가졌다는 증거

요즘 내가 깨달은 바다. 인간이기에 고민하고 번민한다. 인간은 너무나 성능 좋은 뇌를 가지고 태어난 탓에 머릿속은 항상 고민과 번민이 가득하다.

동물은 생존 본능을 유지하는 데만 뇌를 사용하기 때문에 고민하지 않는다. 아니, 고민할 여유가 없다. 아이들 뇌는 아직 미숙하기에 그만큼 덜 고민하지 않는가.

그러므로 고민한다는 것은 그만큼 훌륭한 뇌를 가졌다는 증거다. 주변 사람들을 한번 둘러보라. 아무 고민도 없어 보이는 사람은 가벼워 보이지 않는가?

필시 '그거 맛있어?' '그거 어디서 샀어?' 하는 대화는 가능해도 '왜, 무엇을 위해 살아가는 걸까?' 하는 수준 높은 대화는 불가능하리라.

고민을 많이 하는 사람일수록 수준 높은 사람이다. 삶을 진지하게 생각하는 사람이다. 그러므로 고민이 많다고 우울해하거나 좌절하지 말자. 오히려 굉장히 철학적인 인간임에 자부심을 갖자.

고민 백화점이었던 나

서른이 넘을 때까지 그야말로 나는 고민 백화점을 차려도 될 정도였다. 물론 그 당시에는 스스로를 철학적인 인간이라고 꿈에도 생각해본 적이 없다.

그러나 어느 순간부터 나는 '인생을 진지하게 생각하기에 이다지도 고민이 많다'고 생각을 고쳐먹게 되었다. 이렇게까지 되는데 역시 20대 30대에 고민이 밑거름이 되었다.

고민을 피하기만 하면 시간이 아무리 흘러도 '고민하기를 두려워하는' 나약한 내 모습을 벗어던질 수 없다. 당장 괴롭고 힘들어도 미래를 위해 지금 마음껏 고민하자.

20대와 30대는 아직 인생이라는 건물의 토대를 쌓는 시기다. 인생은 40대 이후에서 승부가 갈린다. 젊었을 때 아무리 만족할만한 인생을 살았다 하더라도 후반이 좋지 않으면 아무 의미가 없다.

멋진 후반을 위해 지금이 있는 것이다. 지금은 인생의 토대를 쌓는 시기인 만큼 괴로워도 감당할 수가 있다.

내 취미는 고민

나는 고민한 횟수만큼 행복해진다고 믿고 있다.

고민한다는 말은 곧 생각한다는 말이다. 생각한다는 말은 자신을 돌아본다는 말과 일맥상통한다. 한심하고 바보스럽지만 그런 자신을 마주함으로써 스스로를 돌아본다.

자기 자신에 대해 진지하게 생각하지 않고 인생의 후반을 맞이하면 어떻게 될까? 불만투성이에 오만한 사람이 될 것임에 틀림없다. 나는 그런 사람들을 수없이 보아왔다. 얼마나 추한지. 추한 것은 얼굴만으로 충분하다.

고민한 회수만큼 행복해진다. 당신은 아직도 멀었다. 젊어 고생은 사서 한다는 말도 있지 않은가?

내 취미는 고민이라고 당당하게 말할 수 있을 때까지 고민하고 또 고민하자. 어느 새 당신은 진짜 어른이 되어 있을 것이다.

사랑받는 여성은 솔직하다

말하고 싶어 입이 근질근질

왜 입이 근질거리냐고? '또 그 얘기네' 하며 짜증이 나는 사람이 있다면 조금만 참아주시길. 말하고 싶어 입이 근질거려 참을 수가 없어 지금부터 했던 이야기를 또 하려고 하기 때문이다.

이렇다 할 회사에서 조직생활을 거의 해본 적이 없는 나로서는 조직 내 사람들의 습성 등을 파악할 기회가 적었지만 지금까지 다양한 분야의 수많은 여성들을 만나오면서 어느 정도 사람 보는 눈이 생겼다고 자부한다. 접하는 여성들의 그 수준도 천차만별이라

한 번에 다 나열하기도 힘들다.

여성 단체를 운영하는 일을 하다 보니 불특정 다수의 사람을 상대해야 하는 경우가 많다. 그녀들을 통해 나는 많은 것을 배운다. 느낌이 좋은 사람도 있지만 도대체 상식이 있는 사람인가 의심이 갈 정도로 혀를 내두르게 하는 사람도 많다. 그러면서 어떻게 결혼은 하셨네요? 나도 모르게 이런 말이 튀어나오려고 할 때가 한 두 번이 아니다.

수많은 여성들을 대하다보니 호감이 가는 여성과 비호감 여성의 특징을 파악할 수 있게 되었다.

그 사람을 파악하는데 많은 시간은 필요 없다. 이것은 경험을 통해 자신 있게 말할 수 있다. 10분만 같이 있어보면 대강 어떤 인격의 소유자인지 파악이 가능하다. 500여 명이나 되는 여성들을 접하다보면 누구나 그럴 것이다.

10분만 대화를 나누어보면 손금이나 생년월일 따위를 보지 않고도 이 사람이 어떤 사람인지 어느 정도 파악이 가능할 정도로 반관상쟁이가 되었다.

젊고 철모르던 시절, 지금의 나처럼 나이 드신 분들이 나를 그렇게 보았으리라 생각하니 갑자기 소름이 돋는다.

성격은 아무래도 상관없다

호감도는 순수하고 진솔한 사람인지 아닌지에서 판가름난다해도 과언이 아니다. 스스로 순수하고 진솔한 사람이라고 생각한다면 당신은 분명 주변 사람들에게 호감을 주는 인물이라고 어깨를 치며 말해주고 싶다. 순수함이야말로 여성을 빛나게 하는 보물 1호다.

백옥 같은 피부가 아니어도 좋다. 조금 살이 쪄도 상관없다. 그런 것 따위 아무도 신경 쓰지 않는다.

다른 사람이 보는 것은 당신의 성격이다. 보통 밝고 명랑한 성격이 좋네, 대범한 성격이 좋네 하며 말들을 하지만 사실 성격은 아무래도 상관없다.

타고난 성격은 개성이다. 개성이므로 좋고 나쁨을 판단하는 것 자체가 잘못이다.

어두운 성격도 개성이요, 고집이 센 것도 개성이다. 급한 성격, 느긋한 성격도 다 개성이다. 어떤 개성의 소유자라도 그 원점에 순수함이 살아있다면 그것으로 충분하다. 순수하지 않은 사람은 사랑받지 못한다. 순수는 그만큼 매력적인 요소다.

어린 시절에는 누구나 순수하다. 그러나 사회에 발을 디디면서 그 순수함을 잃게 된다. 왜? 왜 순수함은 사라지고 마는 것일까.

사회에서는 순수한 사람을 유치하고 어른스럽지 못하다는 식으로 받아들이는 경우가 많기 때문이 아닐까?

"우와, 정말 대단한데요. 이거 과장님이 기획하신 건가요?"라는 식으로 감탄하면 그저 단순한 사람으로만 받아들여질까 봐 섣불리 감탄도 하지 못한다.

그래서 "기획은 괜찮은 것 같은데…." 하며 자기도 뭔가 다른 아이디어가 있는 것처럼 어깨에 힘을 주며 말하게 된다. 그러다보면 어느 새 그것이 습관이 되어 감정을 표현하는 게 점점 어색해진다. 현대사회는 순수함을 그냥 순수하게 보지 않는다.

그렇다고 순수함을 져버려서는 안 된다.

무슨 일에든 감탄을 잘하는 사람은 순수한 사람이다. 감정이 살아있기에 쉽게 감탄하는 것이다. 마음이 비뚤어져 있는 사람은 절대 '우와!' 하고 감탄하지 않는다. 나는 그런 하찮은 일로 놀라는 사람이 아니라고 속으로 그렇게 말하고 있다. 그래서 뭘 어쩌라고요?

"와, 그렇군요. 전혀 몰랐어요."

모르는 것을 모른다고 말하는 사람은 순수한 사람이다. 순수한 사람은 잘난 척하거나 품위 있는 척 가장하지 않는다. 있는 그대로의 모습을 드러내길 마다하지 않는다.

있는 그대로 자신의 모습을 표출하는 사람은 창피한 일도 마다하지 않는다. 다른 사람 중심으로 살지 않기 때문이다. 그렇기에 그런 사람에게서는 빛이 난다.

여성의 매력은 순수함이 전부라 해도 과언이 아니다

변명을 달고 살거나 이성적인 주장만을 내세우는 여성이 있다. 머리가 좋은 것은 인정하겠다. 그러나 들어주기에는 상당한 인내가 필요하다.

옆에서 싱글벙글 웃으면서 이야기를 들어주는 여성에게 훨씬 호감이 간다.

순수함은 여성의 보물 1호다. 보물을 품고 있기에 돋보인다. 특히 연장자들은 이런 여성에게서 호감을 느끼고 기억해 둔다. 그리고 무슨 일이 있을 때 그녀를 맨 먼저 떠올린다.

"이번에 새로 회사를 설립하는데 좀 도와줄 수 있어?"

"다음 달 국제 포럼을 열게 되었는데 접수하는 것 좀 도와줄 수 있어?"

어쩌면 그 곳에 당신의 운명을 바꾸어 줄 사람이 기다리고 있을지도 모른다.

어린 시절의 순수함을 그대로 간직하고 있는 사람은 드물다. 사회라는 커다란 경기장에서 모두가 손해 득실만을 따지며 치열한 경기를 펼친다. 그래서 무엇인가를 하고 있지 않으면 불안함에 휩싸인다.

이 세상은 혼자서 살아갈 수 없다. 행복 또한 혼자서 만들 수 없다.

그러나 순수함만 있으면 문제없다. 당신이 부탁하지 않아도 다른 사람들이 자연스럽게 손을 내밀어 줄 것이다.

여성의 매력은 첫째도 순수함이요, 둘째도 순수함이다. 천진난만하고 순수한 할머니의 모습을 보라. 얼마나 눈부시게 빛나는지. 순수한 사람에게는 행복도 저절로 따라오는 법이다.

멋진 인생을 고민하는 아름다운 여성들을 위하여

초판1쇄 인쇄 | 2015년 1월 15일
초판1쇄 발행 | 2015년 1월 16일

지은이 | 마츠바라 준코
옮긴이 | 정은지
펴낸이 | 박대용
펴낸곳 | 도서출판 부자나라

주소 | 413-834 경기도 파주시 교하읍 산남리 292-8
전화 | 031)957-3890,3891 팩스 031)957-3889
이메일 | zinggumdari@hanmail.net

출판등록 | 제 406-2104-000069호
등록일자 | 2014년 7월 23일